Elena

UNA VITA A CAVALLO

Logo di collana e progetto grafico di copertina: Adria Villa
Fotografia in copertina: © Nic Skerten / Trevillion Images

Titolo originale: *Elena - Ein Leben für die Pferde. Sommer der Entscheidung*

Testo: Nele Neuhaus

Traduzione: Anna Carbone
Redazione e impaginazione: Paola Fabris

www.giunti.it

Via Bolognese 165 – 50139 Firenze – Italia
Via G. B. Pirelli 30 – 20124 Milano – Italia

Prima edizione: luglio 2018
Quarta ristampa: novembre 2022

FSC www.fsc.org
MISTO
Carta da fonti gestite in maniera responsabile
FSC® C115118

Stampato presso Elcograf SpA, Stabilimento di Cles

NELE NEUHAUS

Elena

L'ESTATE DELLA DECISIONE

GIUNTI

Per Philipp e Theresa

PROLOGO

La vecchia giumenta baia smise di masticare. Alzò il muso dalla paglia, allungò la testa fuori dalla finestra della scuderia e rizzò le orecchie. L'aria era fresca e pungente, ma portava già con sé un assaggio dell'imminente primavera. A est il mattino si annunciava con una sottile striscia chiara all'orizzonte, mentre nel cielo ancora buio le stelle brillavano pallide. Dai campi si levava la nebbia. Fra gli alberi tutto attorno alla scuderia gli uccellini accordavano il loro primo concerto del giorno.

La giumenta sbuffò e girò la testa. Il suo udito sensibile percepì un rumore sempre più vicino. Non erano le macchine che percorrevano la statale in lontananza, e neppure la station wagon con cui il contadino veniva ogni giorno alla scuderia per dare un'occhiata a lei e agli altri cavalli.

La giumenta rimase in ascolto. Nella sua lunga vita era già stata trasportata molte volte e quel rumore le ricordava il tempo ormai lontano in cui la portavano ai concorsi. Sì, quello che avanzava lungo la stradina fra i campi era proprio un camion! La luce dei fari l'accecò per un attimo. La giumenta nitrì. Il suo puledro, che dormicchiava comodo sulla paglia in un angolo del grande box, si alzò insonnolito sulle zampe tremanti. Anche le altre giumente si misero in ascolto. Erano quasi tutte gravide o avevano già un puledro accanto.

Il motore si spense, risuonò il rumore di due portiere sbattute e qualcuno aprì la porta che dava sulla stradina e sui paddock. La vecchia giumenta avvertì le labbra insistenti del puledro affamato contro la mammella gonfia, ma lo scostò bruscamente di lato. A un tratto si sentiva inquieta. Erano sconosciuti, quegli uomini che venivano alla scuderia a quell'ora insolita. Non accesero la luce, ma usarono torce tascabili. Parlavano a voce bassa e roca, l'odore non era familiare.

In tutta la sua vita, dagli uomini la giumenta aveva avuto solo cose buone, perciò quando aprirono la porta del box li guardò con curiosità. L'odore di avena le stuzzicò il naso. Il puledro aveva cercato riparo dietro il suo corpo grosso e forte, e la giumenta esitò un istante, indecisa fra il bisogno istintivo di proteggere il suo piccolo e la voglia di mangiare. Tese le orecchie. Fece un passo verso il secchio, poi un altro, affondò il muso nell'avena e ruminò di gusto. Due mani le sfiorarono la testa, le passarono attorno una cavezza. Quando l'uomo si avvicinò al puledro, la giumenta abbassò le orecchie con aria ammonitrice, ma aveva già avuto molti puledri e sapeva che gli uomini non facevano loro niente di male. Seguì di buon grado l'uomo con l'avena fuori in corridoio e quando il puledro nitrì agitato stringendosi al suo fianco, lo rassicurò con un borbottio.

Iniziarono a nitrire anche le altre cavalle e pure i loro piccoli. Si conoscevano da sempre: quando la vecchia giumenta si spostava, le altre la seguivano.

Ma quella mattina era diverso. La giumenta seguì l'uomo verso il camion. L'avevano caricata migliaia di volte e anche questa volta salì tranquilla la pedana. Il puledro le saltò accanto con un balzo. La parete divisoria si chiuse dietro di loro. L'avena aveva un sapore delizioso. Il puledro spinse il musetto contro la mammella, trovò il capezzolo e cominciò a succhiare.

Rumore ovattato di zoccoli, voci sommesse, un rombo sulla pedana, ed ecco la sua vecchia compagna di gioventù, che aveva partorito solo due notti prima: qualche minuto dopo era nello scomparto accanto al suo, e ruminava avena pure lei. La pedana si sollevò, il motore si accese e il camion si mise in moto barcollando.

Finché il suo puledro era con lei, andava tutto bene.

CAPITOLO 1

«Oh, Fritzi! Sta' un po' fermo!»

Avevo già infilato il piede sinistro nella staffa e ora saltellavo senza fiato su una gamba mentre il mio cavallo continuava a girare in tondo per l'eccitazione dell'imminente galoppata. Twix, il mio Jack Russell Terrier bianco e marrone, ci scorrazzava attorno abbaiando: anche lui, come Fritzi, non vedeva l'ora di uscire. Dopo un paio di tentativi andati a vuoto, finalmente riuscii a montare in sella, con il piede destro cercai a tentoni l'altra staffa e Fritzi partì al trotto. Conosceva la strada per il bosco e sapeva benissimo che di lì a poco si sarebbe potuto scatenare come piaceva a lui.

Da quando ci allenavamo all'*Amselhof*, nel maneggio coperto svolgevamo soprattutto lavoro di routine e facevamo un giretto al passo per la tenuta tutt'al più una o due volte la settimana. A Pasqua c'era stata un'abbondante nevicata, ma in questi giorni anche l'ultima neve si era sciolta e si percepiva l'arrivo della primavera: il cielo era azzurro, l'aria mite era satura di aromi e i tiepidi raggi del sole risvegliavano l'erba pallida su prati e campi. Anche sugli alberi spogli del bosco stava tornando la vita, e qui e là facevano capolino sparute macchie di colore verde che presto si sarebbero trasformate in un fitto fogliame.

Guidai Fritzi sul sentiero sabbioso che portava al limitare del bosco e accorciai le redini, perché piegava il collo un po' troppo vivace, rizzava la coda, saltellava e nitriva. C'era quasi da pensare che volesse fare colpo sulla signora Griese e sulla sua vecchia cavalla, che trottavano nella pista da dressage. Fritzi si comportava come se avesse paura di Twix, si impuntava un poco, e io avevo il mio bel daffare a tenerlo al passo.

Nelle ultime settimane il mio cavallo era cambiato. Pur rimanendo obbediente e affidabile, aveva acquistato una gran forza, e ormai con i suoi cinque anni aveva capito di essere uno stallone. Quel giorno avevo la sensazione di essere seduta su un barile di polvere da sparo.

«Ci siamo, adesso puoi galoppare...» gli dissi piano. Fritzi tirò le orecchie all'indietro: aveva capito perfettamente.

Tra gli alberi soffiava un lieve venticello. Poco oltre il primo bivio spronai Fritzi, che non riusciva più a trattenersi. Quella che io e Melike chiamavamo "autostrada", perché tagliava il bosco in linea retta, era il tracciato ideale per un primo galoppo sfrenato, dal momento che procedeva in leggera salita per un paio di chilometri. Fritzi partì sparato come una palla di cannone, ma io ero preparata, perciò non mi mise in difficoltà. Conoscevo troppo bene il mio cavallo, e del resto anch'io non ne potevo più di fare tutto il giorno lezioni di dressage al maneggio.

Dopo un paio di metri mi sollevai appena sulla sella, allungai leggermente le redini e Fritzi si distese. I suoi zoccoli tambureggiavano sordi sul terreno. Twix abbaiava indignato dietro di noi perché con le sue zampette faceva fatica a starci dietro. Se avesse saputo che avevo scatenato Fritzi a tutta velocità, di sicuro papà si sarebbe arrabbiato, ma di tanto in tanto il mio giovane stallone ne aveva davvero bisogno.

Solo un paio di settimane prima mio padre non si curava minimamente di quello che facevo con Fritzi, ma da quando gli avevo fatto vedere quanto saltava bene, riponeva in lui grandi speranze.

Non era sempre stato così.

Fritzi era nato il giorno del mio nono compleanno. E proprio perché la mia festa era passata in secondo piano per la nascita di quel puledro dall'importante pedigree, papà aveva detto che sarebbe stato mio. Più o meno un anno dopo, Fritzi era scappato dal paddock insieme ad altri puledri ed era finito sulla statale, dove era stato investito da una macchina. Aveva riportato ferite così gravi che sembrava impossibile potesse diventare un cavallo da sella. Io però non mi ero data per vinta: mi ero presa cura di lui e poi, quando era cresciuto, avevo cominciato a cavalcarlo.

Dall'estate prima Fritzi trottava e galoppava come se non fosse mai successo niente. Io e Melike, la mia migliore amica, eravamo uscite a cavallo quasi tutti i giorni e avevamo verificato che Fritzi saltava benissimo. Avevamo pensato a come fare per allenarlo senza che papà lo venisse a sapere, ed era stato a quel punto che era entrato in gioco Tim. Tim Jungblut era senza alcun dubbio il ragazzo più bello del mondo, con quella tenerissima cicatrice sul labbro superiore e la fossetta nel mento, ma purtroppo era anche il figlio di Richard Jungblut, il nemico giurato dei miei genitori.

Il tratto percorribile al galoppo terminò sin troppo presto e dovetti frenare Fritzi. Il giovane stallone obbedì all'istante. La galoppata gli aveva fatto bene, sbuffò un paio di volte e subito dopo rallentò tranquillo al passo. Twix ci raggiunse con la lingua penzoloni, completamente ricoperto di fango, ma felice.

La mia mente tornò all'autunno passato, e rabbrividii al ricordo del momento in cui la mia vita era cambiata di colpo.

Io e mio fratello Christian eravamo cresciuti all'*Amselhof*, la tenuta di proprietà dei miei nonni, non lontano dalla cittadina di Steinau. Vivere con i cavalli per noi era qualcosa di scontato. Papà era uno dei cavalieri più bravi di tutta la Germania e quasi ogni fine settimana partecipava a qualche concorso. Poi, all'improvviso, quel mio mondo sereno era stato offuscato da nuvole cariche di tempesta. All'insaputa di tutti, il nonno aveva contratto con la banca un ingente debito e un giorno all'*Amselhof* era arrivato un ufficiale giudiziario che aveva minacciato di mettere all'asta la tenuta se non fosse stato restituito il dovuto. Così, per non perdere tutto, i miei genitori furono costretti ad accollarsi i debiti del nonno.

Da un giorno all'altro, in casa l'atmosfera si era fatta

tesissima. Mamma e papà erano oberati dalle preoccupazioni e non facevano altro che litigare. Molti dei nostri clienti avevano lasciato l'*Amselhof*, e dopo una lite molto accesa, il nonno e papà non si erano più rivolti la parola. La situazione era peggiorata a tal punto che un giorno la mamma se n'era andata dalla tenuta ed era tornata a Bonn dai suoi genitori.

In quel terribile periodo Fritzi era stato la mia unica consolazione, anche se temevo che se papà si fosse reso conto di quanto saltava bene, avrebbe potuto decidere di venderlo. Per questo motivo montavo Fritzi nel maneggio coperto solo quando ero sicura che lui non ci fosse.

Poi però un giorno Tim era venuto all'*Amselhof* per assistere al concorso del circolo, nonostante rischiasse di incontrare mio fratello, che lo odiava a morte. In quell'occasione avevo mostrato Fritzi a Tim, e a lui era venuta la strabiliante idea di allenarci di nascosto. Aveva trovato il posto ideale – il vecchio campo di addestramento per cani in fondo al bosco – ci aveva trasportato un bel po' di ostacoli in disuso che aveva recuperato al *Sonnenhof*, la tenuta di suo padre, e con l'aiuto di Melike avevamo allestito un percorso. Da allora ci eravamo visti almeno una volta la settimana ed era stato grazie alle lezioni di Tim se Fritzi aveva fatto progressi incredibili.

Ma ormai gli allenamenti segreti erano finiti. Un paio di settimane prima, al concorso di Heidelberg, papà aveva venduto Lagunas, il suo cavallo migliore, per una grossa cifra. Anche se questo aveva significato la salvezza per l'*Amselhof*, mio padre era molto triste, perché Lagunas era il suo cavallo preferito. Ed era stato proprio quella sera che Christian aveva provocato un tremendo incidente: per colpa sua Lagunas era scivolato nel doccino e non era più riuscito a rialzarsi. Dopo che tutti i tentativi per sollevarlo erano falliti, io ero corsa con Fritzi fino alla casa del guardaboschi per chiamare in aiuto il vecchio amico di mio padre, il dottor Lajos Kertészy. Lajos era riuscito a salvare la vita di Lagunas, e quindi anche l'*Amselhof*.

Nel frattempo, anche grazie a Lajos, avevo scoperto il perché della nostra inimicizia con gli Jungblut, ma avevo anche capito che la frattura tra la famiglia di Tim e la mia era insanabile. A scuola Christian faceva il cane da guardia per controllare che non parlassi con Tim, e a sua volta Tim, che dopo la scuola doveva lavorare con il padre al *Sonnenhof*, il pomeriggio non aveva più tempo da dedicarmi.

Respirai a fondo. Fritzi tirò subito indietro le orecchie aspettando che gli dessi il segnale di passare al trotto.

Un quarto d'ora dopo eravamo arrivati al nostro campo di allenamento. Gli ostacoli stavano ancora esattamente come li avevamo lasciati l'ultima volta, prima che la neve mettesse temporaneamente fine ai nostri allenamenti. Ma adesso era finita per davvero. Infatti la mattina dopo l'incidente e il salvataggio di Lagunas avevo saltato con Fritzi davanti a mio padre, e così il capitolo "allenamento con Tim" si era chiuso, perché in preda all'entusiasmo papà aveva deciso di addestrare personalmente il mio cavallo. Da un lato era una cosa bellissima, ma dall'altro voleva dire che non avevo più scuse per incontrarmi di nascosto con Tim.

Scivolai giù dalla sella e mi tirai dietro Fritzi sul prato per andare a sedermi sul vecchio tronco che io, Tim e Melike avevamo trascinato fin lì dal limitare del bosco per avere un ostacolo in più.

Nelle ultime settimane erano successe talmente tante cose che mi sembrava di essere cresciuta di qualche anno. Tirai fuori dalla tasca della giacca la catenina che Tim mi aveva regalato l'ultima volta che ci eravamo visti e osservai il ciondolo a forma di cuore. "Progetto Fritzi", ci aveva fatto incidere sul retro. Accarezzai la scritta con il pollice e pensai a quel pomeriggio in cui ero andata al prato con il cuore gonfio di paura.

Tim mi aveva mandato un sms che, tanto per cambiare, io avevo frainteso. Quanto a fraintendimenti, infatti, posso definirmi una vera campionessa. Comunque, avevo immaginato che Tim mi avrebbe detto che in futuro non avrebbe più voluto vedermi.

E invece era andata in maniera completamente diversa: Tim mi aveva confessato di amarmi e mi aveva baciata! Chiusi gli occhi al ricordo di quel momento incredibile, meraviglioso, magico, in cui il mondo si era fermato per qualche istante, e poi trassi un gran sospiro di felicità. Nessun ragazzo mi aveva mai baciata prima, e quel giorno non mi era sembrato vero, anche perché Tim era l'idolo di tutte le ragazze della scuola e io non ero certo una bellezza come la mia compagna di classe

Ariane. A riprova del fatto che non mi ero sognata tutto, c'era la catenina con il ciondolo che mi portavo dietro nascosta nella tasca come un talismano. Non avevo il coraggio di metterla al collo: Christian avrebbe potuto vederla e fare qualche commento sciocco e anche la mamma, con la sua vista a raggi X, l'avrebbe notata subito. Quel segreto era una spina nella mia felicità. A parte Melike e Lajos, nessuno sapeva di me e Tim, e così dovevano rimanere le cose.

Rabbrividii al ricordo del sabato appena trascorso. Ero andata con tutta la famiglia a Salzbach, al concorso cui avevo iscritto per la prima volta Fritzi in una gara di salto riservata agli esordienti. In realtà non avevo messo in conto che sarebbero venuti anche papà e Christian, ma ero comunque abbastanza tranquilla, perché il percorso non era particolarmente difficile. Ma quando nella pista di riscaldamento Melike mi aveva sussurrato che in tribuna c'era Tim, per l'agitazione il cuore mi si era quasi fermato. Tremavo tutta e dopo l'ostacolo numero cinque avevo dimenticato il percorso come una novellina.

Fritzi aveva superato il salto in scioltezza, ma quando per distrazione avevo affrontato il salto successivo dalla parte sbagliata, era suonata la campana ed ero stata squalificata. I miei avevano solo detto: "Peccato", e "Dev'essere stata l'emozione". Poi non avevano più fatto commenti sulla mia imbarazzante esibizione. Solo Christian, come al solito, non aveva rinunciato a prendermi in giro. Lui infatti ce l'aveva a morte con me perché non era più al centro dell'attenzione. Oltretutto il signor Nötzli, il mercante di cavalli, mi pagava la scozzonatura di Quintano. Se mio fratello avesse pure scoperto che Tim mi aveva baciata e mi aveva regalato una catenina d'oro, sarebbe stata la fine.

«Oh, Tim, come vorrei che tu fossi qui» sussurrai baciando il ciondolo prima di rimetterlo al sicuro nella tasca della giacca.

Lottavo con le lacrime. Se Tim non si fosse chiamato "Jungblut" e io non fossi stata la figlia di Michael Weiland, avremmo potuto cavalcare assieme al *Sonnenhof*, avrei potuto vederlo e ridere con lui. Ma perché doveva essere tutto così tremendamente complicato?

Fritzi mi guardava con i suoi occhi scuri, sembrava aspettare e raspava impaziente con uno degli anteriori. Per lui quel prato significava la possibilità di saltare, la cosa che gli piaceva di più al mondo.

«Oggi purtroppo no, tesoro» gli dissi alzandomi. «Senza Tim non si salta».

CAPITOLO 2

Quando mezz'ora dopo tornai dalla mia cavalcata, l'*Amselhof* era pressoché deserto. Papà e mamma erano di nuovo dal commercialista e, dal momento che il lunedì le lezioni di equitazione del nonno non cominciavano prima delle cinque, non c'erano neppure gli allievi che gli altri pomeriggi affollavano la scuderia della scuola.

Passai con Fritzi di fianco al maneggio piccolo diretta alla porta posteriore della scuderia dei cavalli da concorso, smontai e portai dentro il mio stallone. Gli altri animali allungarono il collo nel corridoio salutandoci con un nitrito. Un tempo Fritzi aveva alloggiato nel fienile, insieme con i puledri e i cavalli più anziani, ma poi si era potuto trasferire nel box della scuderia grande lasciato libero da Lagunas. Era il box più ampio e più bello, con una finestra che dava sull'esterno e una sul corridoio, e a Fritzi piaceva molto poter guardare fuori tutto il giorno.

Gli tolsi sella e filetto e aspettai che si fosse ben sfregato la testa sull'anteriore prima di togliergli la cavezza e di portarlo al doccino. Dopo l'incidente occorso a Lagunas, papà aveva fatto sostituire il fondo di cemento con un tappeto di gomma antiscivolo. Intanto Twix lappava avidamente l'acqua da una ciotola vicino alla porta della selleria.

A un tratto sentii abbaiare Robbie, il nostro bovaro svizzero, e il suono non mi parve affatto amichevole. Twix mi schizzò immediatamente davanti e qualche secondo dopo cominciò ad abbaiare pure lui. Portai in fretta Fritzi nel suo box nella parte anteriore della scuderia. Non c'erano dubbi: ero proprio sola! Del nostro scozzonatore, Jens, il "brutto rospo", nessuna traccia. Strano...

«Robbie! Twix!» gridai, ma i cani non smisero di abbaiare.

Li trovai nel corridoio della scuderia lunga, davanti a un box. Robbie saltava contro la porta abbaiando a più non posso.

«Robbie, Twix» ripetei secca. «Su! Venite qui!»

Robbie mi scoccò una rapida occhiata e obbedì. Twix invece continuava ad abbaiare instancabilmente.

Avvicinandomi vidi che cosa eccitava tanto i due cani: nel box vuoto c'erano due uomini dall'aria piuttosto spaventata. Un bovaro svizzero arrabbiato di una sessantina di chili può effettivamente mettere una certa paura, anche se bonario come Robbie. Mi venne quasi da ridere, ma poi pensai che potesse trattarsi di nuovi clienti, di cui avevamo un gran bisogno, perciò presi Robbie per il collare, gli ordinai di fare il bravo e di accucciarsi, quindi feci altrettanto con Twix.

«Scusate» dissi poi ai due uomini, liberandoli dalla loro prigione.

Il più anziano disse qualcosa di decisamente sgradevole in una lingua straniera, scoccando un'occhiata diffidente ai cani, che continuavano a ringhiare. Doveva avere passato la cinquantina ed era solo leggermente più alto di me, ma tondo come una botte. Con il completo scuro, la cravatta e le scarpe di vernice nera, nella scuderia era decisamente fuori posto. L'altro era molto più giovane, alto e magro, e anche lui era ben vestito. Aveva un'aria simpatica e sembrava non avercela troppo con Robbie, anche se lo aveva costretto a rifugiarsi nel box.

«In fondo un cane pastore è fatto per fare la guardia» disse sorridendo. «Non volevamo entrare senza permesso, ma non c'era nessuno».

Parlava bene il tedesco, ma con un accento marcatamente straniero.

«Ero andata a fare un giretto in campagna con il mio cavallo» risposi. Non volevo che si facessero l'idea che all'*Amselhof* tenevamo spalancate le porte notte e giorno. «In che cosa posso aiutarvi?»

Improvvisamente ebbi una strana sensazione, ricordando l'ometto in giacca e cravatta che l'autunno precedente avevo accompagnato dal nonno senza immaginare chi fosse. Si era poi rivelato essere l'ufficiale giudiziario che voleva costringerci a mettere all'asta la fattoria.

«Stiamo cercando il signor Michael Weiland» rispose l'uomo gentile. «Il signor Gasparian desidera discutere con lui di una questione di affari. Dove possiamo trovarlo?»

Una questione di affari? Il mio sguardo si posò sull'uomo tondo, sugli occhietti vispi con cui si guardava attentamente attorno, sulle sopracciglia cespugliose e sui folti baffoni che gli davano un aspetto davvero feroce.

«Non so quando tornerà mio padre» risposi tenendomi un po' sulle mie. «State cercando un box?»

Non ottenni alcuna risposta. L'uomo tarchiato disse qualcosa all'altro, si voltò e cominciò a camminare lungo il corridoio. Dato che con un fischio avevo richiamato Twix e Robbie, prese coraggio e cominciò a curiosare nella selleria della scuderia della scuola, poi nel maneggio coperto e anche nell'area grooming della scuderia dei cavalli da concorso.

La cosa non mi piaceva affatto. Lo seguii seccata con la mano sempre stretta attorno al collare di Robbie. Il cane avvertiva il mio disagio e dalla gola gli usciva un ringhio sordo. L'uomo si fermò e disse qualcosa al suo compare.

«Ci sono molti box vuoti, come mai?» tradusse quest'ultimo.

«Negli ultimi mesi è andato via qualcuno» risposi, perché lì su due piedi non mi venne in mente niente di meglio.

Per la prima volta in vita mia avrei voluto avere Jens al mio fianco. O magari addirittura mio fratello. Stare da sola nella scuderia con quei due mi piaceva sempre meno, anche se Robbie e Twix erano lì con me.

Senza che potessi impedirglielo, l'uomo tarchiato marciò dritto nella scuderia dei cavalli da concorso ed esaminò ben bene quelli di papà, poi si rivolse al suo accompagnatore.

«Che cosa sta dicendo?» chiesi infastidita.

Quello scoccò una rapida occhiata all'altro, come per chiedergli il permesso di rispondermi.

«Il signor Gasparian desidera parlare con suo padre» rispose gentilmente, e a me sfuggì un sorriso perché era la prima volta che qualcuno mi dava del lei. Mi porse un biglietto da visita. «La ringrazio di averci lasciato dare un'occhiata in giro. La prego di chiedere a suo padre di telefonare».

«D'accordo». Annuii prendendo il biglietto. «Glielo riferirò».

L'uomo tarchiato mi passò davanti come se fossi trasparente. L'altro fu così educato da cercare di darmi la mano, ma Robbie la intese come un'aggressione e gli si avventò contro con un ringhio astioso e i denti scoperti. Riuscii a trattenerlo solo all'ultimo istante: addentò l'aria a un paio di millimetri dal braccio del pover'uomo, che per lo spavento sbiancò completamente e si affrettò a seguire il suo capo. Gli andai dietro tenendomi a una certa distanza e rimasi a fissarli dalla porta della scuderia. Attraversarono il parcheggio diretti alla loro auto. Dopo qualche secondo il motore si avviò e la grande berlina nera uscì rombando dalla tenuta.

«Grazie, Robbie» dissi al bovaro svizzero, che adesso scodinzolava di nuovo pacifico e tranquillo. «Uff! Senza di te me la sarei davvero fatta sotto».

Twix abbaiò saltando al mio fianco.

«Sì, certo, sei stato bravo anche tu» lo rassicurai

grattandolo dietro le orecchie. «Di sicuro gli avresti strappato i pantaloni, non è vero?»

«Bau!» ribatté Twix scodinzolando.

Sorrisi e tirai fuori dalla tasca il biglietto da visita. *Khoren Gasparian* c'era scritto, e sopra solo un numero di telefono. Strano. Mi voltai e tornai nella scuderia per appendere i finimenti di Fritzi.

CAPITOLO 3

Melike arrivò in bicicletta mentre stavo attraversando il parcheggio diretta a casa. Frenò bruscamente davanti alla porta aperta della scuderia, saltò giù dalla bici e l'appoggiò al muro.

«Ehi, ma sei già stata fuori a cavallo?» chiese ansante con un'occhiata ai miei stivali da equitazione schizzati di fango.

«Ho fatto una galoppata veloce fino al prato per far fare un po' di movimento a Fritzi» spiegai.

«Cavoli, ho fatto più in fretta che ho potuto!»

«Mi dispiace, ma non sapevo quando saresti venuta e stamattina il nonno mi ha chiesto di montare con lui alla lezione delle cinque».

La mia amica si lasciò cadere su una balla di fieno di fronte al box di Fritzi con una smorfia di disappunto. Sapevo che sarebbe voluta venire con me, magari per passare – ma solo per caso! – dalla casetta nel bosco, perché là abitava il dottor Lajos Kertészy, per il quale aveva segretamente un debole.

«Possiamo andare da Lajos anche domani, non scappa mica» le dissi.

Lei diventò rossa come un peperone e arricciò il naso.

«Tu sei proprio scema, Elena Weiland» ribatté, ma mi accorsi che sorrideva. Melike non riusciva mai a tenere il broncio.

Stavo per raccontarle dei due tipi strani che poco prima si erano aggirati nella scuderia, quando vidi arrivare a passo di marcia il nonno con aria preoccupata.

«Ciao, nonno. È successo qualcosa?» gli chiesi.

«Sì. Ha appena telefonato la mamma di Jens. Stamattina ha avuto un brutto incidente con la macchina mentre stava venendo qui. Lo hanno dovuto operare e adesso è ricoverato in ospedale».

«Oh, accidenti!» esclamai.

Questa era davvero una pessima notizia. Anche se io e Jens non eravamo esattamente buoni amici, nelle ultime settimane era sempre stato gentile con me, soprattutto quando Christian mi dava il tormento. E poi per papà era un aiuto insostituibile. Senza qualcuno che gli scozzonasse i cavalli, era impossibile per mio padre occuparsi di tutto da solo, fra gli esemplari da concorso e quelli da riproduzione, men che meno poi nel bel mezzo della stagione delle gare.

«E papà lo sa già?» chiesi preoccupata al nonno.

Lui scosse il capo in silenzio esaminando la lavagna appesa al muro di fronte alla selleria. Vi erano indicati tutti i nomi dei nostri cavalli e poi era annotato quello che era stato fatto con loro durante la giornata: M per movimentazione, C per lavoro alla corda, G per giostra, CC per cross-country, R per recinto e P per paddock.

«No, purtroppo ha il cellulare spento» rispose il nonno grattandosi la testa. «La cosa migliore da fare è mettere alla giostra i cavalli che Jens avrebbe dovuto movimentare oggi. Potete aiutarmi?»

«Ma certo!» esclamammo in coro io e Melike.

Avevo aiutato spesso a portare i cavalli alla grande giostra coperta dove sei animali potevano girare comodamente in tondo e sapevo quali andavano d'accordo fra loro. Tirammo fuori stinchiere e paraglomi e preparammo un cavallo dopo l'altro: Cotopaxi, Paradiso, Mister Magic, Intermezzo, Nevertheless e Calvador avrebbero fatto il primo giro insieme.

«Ora ho lezione. Puoi dare un'occhiata ai cavalli?» chiese il nonno a Melike.

La mia amica annuì. Sapeva che non si devono lasciare i cavalli attaccati alla macchina senza tenerli d'occhio.

«Allora con il mio cavallo esco dopo» disse rivolta al nonno.

Intanto io andai alla scuderia e sellai Sirius, il mio pony, che ormai era diventato un po' troppo piccolo per me. Io però non volevo ancora separarmi da lui e cercavo di cavalcarlo il più spesso possibile. Con Sirius avevo ottenuto molti piazzamenti nelle gare di salto, un nastro d'oro e alcune coppe nelle gare di salto riservate alle categorie principianti ed esordienti. Mi sembrava da ingrati separarmi così dal mio pony solo perché ormai ero cresciuta.

Dieci minuti dopo lo portavo nel maneggio coperto. Sulla linea centrale erano già schierate le sette allieve del corso – tutte femmine – con i cavalli della scuola. Con l'aiuto del nonno stringevano staffe e redini ausiliarie e salivano in sella con difficoltà. Era l'ora dei principianti e in tribuna c'erano le mamme a guardare. Ero già in sella a Sirius da un pezzo e aspettavo con pazienza che si cominciasse. Il nonno era sempre contento se montavo con lui durante quella lezione, perché così poteva mettermi in testa allo schieramento.

Stavo di nuovo pensando a Tim e sentivo gli ordini del nonno con un orecchio solo. Trotto, battere la sella, alternare per tutto il percorso, giù i talloni, allungare le gambe, accorciare le redini, sedute erette, non guardare in basso, piede sbagliato!

All'inizio filò tutto liscio, ma all'improvviso Saphir decise che non sopportava più l'atmosfera della noiosa ora di lezione, uscì dallo schieramento e sgroppò un pochino. La sua amazzone, che non doveva avere più di dieci anni, non ebbe alcuna possibilità: le sue gambette arrivavano appena sotto il quartiere e Saphir era un cavallo grosso. Vidi che il nonno avrebbe voluto urlare qualcosa, ma con i bambini si tratteneva, soprattutto se in tribuna c'erano le mamme preoccupate. Saphir faceva il cavallo da rodeo, la bimba aveva paura e, quando il cavallo inarcò il dorso, cadde dalla sella, volò per aria e finì nella sabbia con un tonfo sordo.

«Ohi!» disse il nonno. «Schieramento al passo!»

Rallentai. Il nonno aveva ripreso in fretta Saphir, ma la bambina stava distesa per terra immobile a pancia in su come un maggiolino. La mamma lanciò un grido e in preda al panico scrollò il cancelletto per raggiungerla.

«Non è successo niente!» le urlò il nonno aiutando

la piccola a rialzarsi. «Però questo giubbotto mostruoso non è proprio il più indicato per cavalcare!»

«Senza giubbotto Lisa a cavallo non ci sale! Potrebbe farsi male alla schiena!» ribatté la mamma con tono isterico, e vidi benissimo che il nonno stava perdendo la pazienza.

«E se cade male con questo affare rischia di rompersi un braccio».

Intanto Saphir aveva abbassato le orecchie annoiato con aria innocente, ma la piccola se ne stava tremante e piangeva come una fontana e non ci fu verso di convincerla a rimontare in sella.

«Su, dai, non ti sei fatta così male» la consolava il nonno. «Tutti i cavalieri cadono prima o poi, fa parte del gioco. Vieni, ti faccio risalire in sella».

«No». La bambina scosse la testa e per l'agitazione si mise a singhiozzare forte. «Io... ho... ho tanta p... paura di Saphir!»

«D'accordo» disse il nonno guardandosi attorno impaziente. «Chi vuole fare cambio con Lisa?»

Nessuno. Ovvio. Saphir era poco amato dai principianti perché aveva più carattere degli altri cavalli della scuola, che dormicchiavano con gli occhi socchiusi finché non era ora di cominciare.

«Io!» gridai decisa smontando dal mio pony. «Se vuoi puoi cavalcare Sirius, lui è bravissimo».

«Davvero?» chiese la piccola, incerta, alzando il naso.

«Sirius è un tesoro» la rassicurò il nonno. «E se cadi di nuovo, non è troppo alto».

«Da Sirius non cadi di sicuro» le dissi in fretta, prima

che la bambina ci piantasse in asso lasciandoci con un'allieva pagante in meno. Il nonno aveva un senso dell'umorismo piuttosto rude, non particolarmente apprezzato dalle bambine timorose e dalle ancor più timorose mamme.

«Vieni, cambiamo le briglie a Saphir e poi andiamo».

Qualche minuto dopo tornai in testa allo schieramento in sella a Saphir. Il castrone baio si rese conto subito che non ero una principiante e si comportò alla perfezione. Lisa stava raggiante in sella a Sirius, che era davvero tranquillo come le avevo promesso.

Il resto della lezione proseguì senza intoppi e potei tornare a pensare a Tim. Chissà che cosa stava facendo in quel momento... Chissà se se ne stava alla club house del *Sonnenhof* con quell'arrogante di Ariane e le altre stupide oche... Da Ariane avevo saputo che alla tenuta del padre di Tim c'era una club house modernissima dalla quale si poteva osservare il maneggio coperto attraverso ampi finestroni. Anche se Tim mi aveva assicurato che non dovevo preoccuparmi di Ariane, la gelosia mi tormentava di continuo. Avrei dato qualunque cosa per potere vedere almeno una volta il *Sonnenhof*, dove e come Tim trascorreva i suoi pomeriggi, ma sapevo che il mio era un desiderio irrealizzabile.

Avvilita, alla fine della lezione scambiai cavallo con Lisa e riportai Sirius al box. Gli tolsi i finimenti e stavo già uscendo dalla selleria quando nella scuderia entrò Lisa con la sua mamma.

«Sirius è davvero il pony più forte che abbia mai montato» mi disse la piccola con un sorriso timido.

«Oggi è la prima volta che cavalco senza avere la minima paura».

«Sono contenta» le risposi. Ma perché Lisa voleva andare a cavallo se aveva paura? Non riuscivo a capirlo.

«Posso accarezzarlo e dargli un po' di zucchero?»

«Ma certo, il suo box è quello là davanti».

«Grazie di avere fatto cambio con me».

«Figurati». L'aiutai ad aprire la porta del box.

«Tu monti davvero benissimo» disse Lisa carezzando Sirius.

«Be', sai, vado a cavallo tutti i giorni più o meno da quando sono nata» le risposi con modestia.

Quando Sirius le prese delicatamente la zolletta di zucchero dal palmo della mano, Lisa sorrise estasiata. E in quel momento mi venne un'idea grandiosa.

«Se vuoi, a partire dalla prossima volta puoi cavalcare sempre Sirius» proposi. «Lo dico al nonno».

«Davvero?» La bimba si voltò a guardarmi incredula. «Ma è il tuo pony».

«Io sono un po' troppo grande per lui e devo montare tutti i giorni Fritzi e anche Quintano».

«Non devi chiedere il permesso ai tuoi?» intervenne la mamma di Lisa.

«Sì, certo, ma non credo che avranno niente in contrario».

Lisa e sua madre erano raggianti. Le lasciai con Sirius, ben contento di farsi riempire di zucchero, e con il nonno e Melike andai a staccare i cavalli dalla giostra e ad attaccarci gli altri. Quindi sellai Quintano ed entrai nel maneggio coperto con Melike. Quintano andava alla grande. Forse avevo trovato una buona soluzione per Sirius, se con Lisa fosse andato tutto bene.

Più tardi rientrai a casa di ottimo umore e mi accorsi che per quasi un'ora e mezza non avevo pensato a Tim.

CAPITOLO 4

Il mio buonumore scomparve all'istante quando vidi mio padre scendere dalla macchina ed entrare in casa con aria cupa e il cellulare all'orecchio. Era un'espressione che conoscevo fin troppo bene e che non prometteva niente di buono. Speravo che dal commercialista non ci fossero state altre cattive notizie.

Corsi dalla mamma, che stava scaricando un sacco di terriccio da fiori dal bagagliaio. Dopo l'appuntamento con il commercialista dovevano essere passati anche all'azienda agricola, perché il bagagliaio era pieno di gerani e petunie che, come ogni primavera, la mamma avrebbe piantato nelle aiuole.

«Jens ha avuto un brutto incidente» mi disse la mamma raddrizzandosi. «Uno che non ha rispettato la precedenza. Ora è in ospedale e starà via per qualche settimana, se non addirittura un paio di mesi. Tuo padre è al telefono da un'ora per trovare un sostituto, ma non è facile».

Aiutai la mamma a trascinare sul terrazzo un sacco di terriccio. Poi arrivò anche Stani, il nostro aiuto di scuderia polacco, che portò gli altri sacchi alla rotonda fra parcheggio, maneggio coperto e campo di salto.

Seguii la mamma dentro casa. Si tolse la giacca e cominciò a trafficare con la macchina del caffè. Le parlai dell'ora di lezione e della mia offerta a Lisa di montare sempre Sirius.

«Magari i suoi decideranno di comprarlo e allora avremo un cavallo a pensione in più» conclusi soddisfatta. Ma neppure quella bella notizia le strappò un sorriso: la mamma rimase pallida e abbattuta. Ebbi la sgradevole sensazione che dietro ci fosse qualcosa di più del solo incidente di Jens.

«Ti dispiace apparecchiare il tavolino piccolo?» mi chiese. «In frigorifero c'è una cheesecake. E magari potresti anche montare la panna».

«Sì, certo».

La mamma uscì e scomparve in bagno. Presi dalla credenza tre tazze, tre piatti e la zuccheriera, e dal frigo la torta e il latte, e portai tutto in tavola. Quindi versai la panna in un contenitore e tirai fuori il frullatore dal cassetto. L'aroma di caffè che si spandeva per la casa strappò mio fratello dal computer. Fece la sua comparsa in cucina, mi passò davanti urtandomi e andò a sedersi.

«Ti sei dimenticata la tazza e il piatto per te, amazzone dei miei stivali» disse con un sorriso di scherno. «Bella testa che hai!»

Avevo capito benissimo l'allusione alla mia figuraccia nella gara dell'ultimo fine settimana e stavo per ribattere quando in cucina entrò papà che andò a sedersi senza dire una parola. Christian si mise nel piatto una fetta gigante di cheesecake e cominciò a ingozzarsi. Io sbattei seccata la panna sul tavolo e andai a prendere un altro piatto, quindi versai il caffè in tre tazze.

«Anche per me» biascicò Christian con la bocca piena.

Gli feci una linguaccia dietro la schiena di papà e mi sedetti. Christian mi scoccò un'occhiata truce e mi mollò un calcio negli stinchi sotto il tavolo.

«Ahia!» esclamai. «Stupido! Non sono mica la tua serva!»

«Smettetela di litigare» disse papà. «Christian, il caffè prenditelo da solo».

La mamma uscì dal bagno e venne a sedersi. I miei genitori mangiarono in silenzio, poi squillò il cellulare di papà. A tavola da noi era vietato parlare al telefono, perciò si alzò e andò a rispondere nello studio.

«Che cosa è successo?» chiesi alla mamma.

«I Ludwig e gli Habermann se ne vanno» rispose lei con un sospiro.

«Ma come?!» esclamai sorpresa. «Ma se sono qui da una vita!»

«Hanno detto che la scuola è un fastidio. E poi che non c'è un corso di dressage qualificato. Che il nonno non è un vero insegnante e che d'estate tuo padre è sempre ai concorsi. E hanno trovato da dire anche sul fondo del maneggio coperto».

«Idioti» sbuffò mio fratello tagliandosi una terza fetta di torta. «Per tutti questi anni la scuola non gli ha dato fastidio per niente. Vogliono solo trovare una scusa per filarsela».

«La fai facile tu». La mamma posò la forchetta.

Sembrava avere perso l'appetito. «Purtroppo così vengono a mancarci altri quattro affitti dei box su cui contavamo per il nostro piano di risanamento».

Ora capivo. Per ripagare completamente il debito del nonno con la banca, tutti i mesi i miei dovevano rimborsare una certa somma. I Ludwig e gli Habermann non erano i primi a lasciare l'*Amselhof*. L'anno precedente ci avevano abbandonato quasi una ventina di cavalli. Papà aveva potuto rimborsare buona parte del debito con la vendita di Lagunas, ma se non avessimo pagato puntualmente le rate concordate, sull'*Amselhof* avrebbe continuato ad aleggiare l'orribile spettro della vendita all'asta. La settimana prima avevamo dovuto fare aggiustare uno dei trattori, e maniscalco, fornitore di foraggio e veterinario volevano essere pagati regolarmente, senza contare tutte le altre spese mensili.

«E poi hanno detto che a Tanja e Sabrina mancano le altre ragazze» proseguì la mamma. «Che qui alla tenuta è tutto vecchio e fuori moda e non so che altro».

L'*Amselhof* vecchio e fuori moda? Non riuscivo a credere che fosse la vera ragione del loro abbandono.

«E dove vanno?» chiesi ficcandomi in bocca un pezzo di torta.

«Qui» rispose papà dalla soglia. Buttò sul tavolo un paio di brochure e tornò a sedersi.

Christian ne prese una e rimase senza fiato.

«Il *Sonnenhof*» lesse ad alta voce. «"Una tenuta ippica moderna e spaziosa, centrale e ben servita, subito fuori Francoforte". Pfui! Prossima a una zona industriale e all'uscita dell'autostrada, semmai!»

Mi andò di traverso la torta e cominciai a tossire.

«"Nella nostra azienda a conduzione familiare il vostro cavallo si troverà a suo agio, perché noi offriamo tutto quello che il cuore di un cavaliere può desiderare"». La voce di Christian era disgustata. «"Il cavaliere con ambizioni di concorso sarà soddisfatto quanto il semplice amatore... addestramento qualificato e accompagnamento fino alla patente per il livello difficile..."».

Mio fratello appallottolò il volantino e lo gettò a terra.

«Da far ridere i polli» ringhiò rabbioso. «Tenuta moderna e addestramento qualificato, pfui! Non hanno neanche un istruttore di dressage!»

«In ogni caso dal commerciante di foraggio di questi ce n'erano mucchi, e anche in quasi tutti i negozi della zona. E su tutte le riviste del settore ci sono annunci pubblicitari del *Sonnenhof*» disse papà con aria stanca. «A me non importerebbe, se non fosse che in questo modo gli Jungblut ci stanno togliendo la terra da sotto i piedi. Solo negli ultimi sei mesi quattordici dei nostri clienti si sono trasferiti da loro. E oltre metà scuderia è vuota».

Mi si annodò lo stomaco. Tutt'a un tratto mi sentivo malissimo. Non appena cominciavo a pensare che per me e Tim potesse esserci una piccolissima speranza, ecco che succedeva qualcosa che l'annientava del tutto. Quella brochure avrebbe fatto aumentare l'odio che Christian nutriva per Tim, ammesso che fosse possibile provarne ancora di più.

«Allora facciamo dei volantini e degli annunci anche noi» propose mio fratello con foga. «Se possono farlo loro, possiamo farlo anche noi».

«No, noi non possiamo» ribatté la mamma. «Questo tipo di pubblicità costa molto, non possiamo permettercelo».

Papà fissava cupo la tazza senza dire una parola.

«Quello è un vero porco!» sbottò Christian stringendo il pugno con aria minacciosa. «Se ne va in giro dappertutto a chiacchierare con i nostri clienti, è solo per questo che ci lasciano e se ne vanno al *Sonnenhof*. L'ho visto da poco parlare con Tanja».

Sapevo che non si riferiva a Richard Jungblut, ma a Tim. Tanja Habermann era in classe con Tim, perciò non c'era da stupirsi che Christian li avesse visti insieme. Però ero sicura che Tim non avesse niente a che fare con quei volantini.

«Non importa». Papà scosse il capo con aria sconsolata. «Contro la sua pubblicità martellante non possiamo fare niente. In realtà possiamo solo sperare che non se ne vadano anche i clienti che ci restano».

Mi ero portata nella mia stanza una brochure e adesso guardavo le foto del *Sonnenhof*. In effetti sembrava tutto modernissimo: il maneggio coperto aveva grandi finestroni, il rettangolo del dressage un fondo di sabbia chiara, i paddock erano spaziosi come in un allevamento americano di purosangue, i corridoi erano ampi, tutti i box avevano finestre che davano sull'esterno. Però io non avrei mai voluto vivere e cavalcare là. In qualche modo, quel posto mi sembrava freddo, impersonale, c'erano solo un paio di alberelli striminziti e subito accanto la zona industriale, con supermercati, rivenditori di auto usate e uffici. L'autostrada distava solo un paio di chilometri e i dintorni erano pieni di stradine asfaltate.

All'*Amselhof* invece c'erano alberi maestosi, fiori di ogni tipo, roseti e bossi, e il nostro campo di salto confinava con il bosco. Effettivamente all'*Amselhof* le varie scuderie erano un po' sacrificate, i box non erano così luminosi e non tutti erano dotati di finestre. I tetti non erano di un rosso scintillante ma di un grigio triste, e il nostro maneggio coperto non era così bello come quello del *Sonnenhof*, con le sponde candide e il rivestimento del fondo ultramoderno e ipertecnologico. L'*Amselhof* però aveva qualcosa che all'elegante *Sonnenhof* degli Jungblut mancava: aveva un'anima.

Richiusi la brochure. Sul retro c'era una foto di Tim con la sua famiglia. Suo padre cingeva le spalle della moglie con un braccio, con l'altra mano teneva un pony con le trecce in sella al quale c'era la sorellina di Tim. I tre sorridevano da un orecchio all'altro. Solo il sorriso di Tim, in piedi accanto al pony, sembrava un po' forzato. Probabilmente, pensai fra me, suo padre gli aveva appena rifilato uno schiaffo.

Il mio ultimo incontro con il padre di Tim al concorso di Heidelberg era stato terribile. Avevo appena raccontato a Tim che mio padre aveva venduto Lagunas quando era apparso Richard Jungblut che aveva mollato al figlio un sonoro ceffone. E solo perché stava parlando con me! Da quel giorno, ma anche da prima, compiangevo Tim per quel suo padre orrendo.

Con un sospiro tornai a guardare la foto della famiglia di Tim. A casa nostra il nome Jungblut non aveva mai promesso niente di buono. Finché non avevo conosciuto meglio Tim, non mi ero interessata alla ragione di quell'inimicizia di vecchia data tra le nostre famiglie, ma al concorso di Viernheim, l'autunno precedente, ero riuscita a bloccare uno dei loro cavalli sfuggito al controllo e così avevo parlato con Tim per la prima volta. Da allora era cambiato tutto, perché mi ero innamorata di lui, ed era una cosa orrenda che non potessimo neppure parlarci.

A un tratto fui presa da un gran senso di disperazione e da una nostalgia per Tim così insopportabile che non riuscii più a trattenermi. Era troppo ingiusto! Perché io e Tim dovevamo pagare per cose successe ancora prima che venissimo al mondo e per le quali non avevamo la minima colpa? Mi coricai sul letto lottando con le lacrime, come mi succedeva spesso quando pensavo a noi due. Le cose non sarebbero mai cambiate?

Nel bel mezzo dei miei tristi pensieri squillò il telefonino. Trasalii per lo spavento quando sul display lessi: "Chiamata di Babsi". Babsi era il nome con cui avevo memorizzato il numero di Tim nell'eventualità che mio fratello mettesse le mani sul mio cellulare. Tutti i miei dispiaceri si dissolsero all'istante.

«Ciao!» sussurrai felicissima al telefono.

«Ciao. Puoi parlare?»

«Sono nella mia stanza. Come stai?»

«Oh, da noi ha tagliato la corda un altro scozzonatore. Non c'è da stupirsi, mio padre li fa scappare tutti». La sua voce non sembrava molto allegra. «E per me questo significa altro lavoro. Lo sapevi che ci sono altri che hanno lasciato la vostra tenuta per la nostra?»

«L'ho appena saputo. I miei hanno portato a casa la vostra brochure che hanno trovato dal commerciante di foraggio e ci hanno raccontato che gli Habermann e i Ludwig se ne sono andati. Christian dice che hai convinto tu Tanja a trasferirsi al *Sonnenhof*».

«Che stupidaggine!» ribatté lui indignato. «Come se non vedessi l'ora di cavalcare quei due ronzini. È lei che lo ha voluto».

«Eh, già». Non potei non sorridere pensando a Tim in sella a Larina, la grassa cavalla baia di Tanja, o su Bailando, il fiacco andaluso nero della mamma di Tanja.

«Che cos'hai da ridere?» chiese Tim offeso.

«Scusa... È solo che ti stavo immaginando in sella allo stallone della mamma di Tanja mentre lei ti sta accanto con quei pantaloni a scacchi e ti dà dei consigli. Ah ah!»

«Sei davvero tremenda» osservò Tim, ma dalla voce capii che sorrideva anche lui. Poi però tornò serio e quello che disse mi spezzò il cuore.

«Elena, io... non so come dirtelo» ci girò attorno. «Io... mi dispiace tanto, ma non so proprio come continuare a vedermi con te in futuro».

Deglutii. E subito nella mia testa, come un subdolo virus, si insinuò la gelosia. Gli dispiaceva per davvero o era soltanto stufo di dover fare tutto di nascosto? Tim avrebbe potuto avere tutte le ragazze che voleva, e adesso al *Sonnenhof* ce n'erano davvero tante. Perché mai avrebbe dovuto aspettarmi? Non c'era alcuna speranza che la situazione potesse migliorare.

«Tutti i giorni dopo la scuola devo cavalcare e dare lezioni. E ogni tanto devo allenare anche i miei cavalli. Non so davvero come sgattaiolare fuori di qui».

Quasi non sentivo quello che mi stava dicendo. Se mai Ariane fosse venuta a sapere che Tim e io stavamo insieme, avrebbe fatto il possibile per portarmelo via solo per farmela pagare. Era sempre stata invidiosa di me, ma da quando un paio di settimane prima gliene avevo dette quattro e Tim aveva preso le mie difese, mi odiava cordialmente.

«Era quello che pensavo anch'io» risposi con voce spenta. «È davvero un peccato».

Per quanto vivere in una tenuta fosse bello, qualche volta rimpiangevo di non essere come i miei compagni di classe, che dopo la scuola non avevano altri obblighi se non fare i compiti, andare a lezione di pianoforte o praticare qualche sport. Io e Christian, proprio come Tim, dovevamo anche aiutare con il lavoro quotidiano. Infatti, a differenza di una racchetta da tennis o di un pianoforte, i cavalli devono essere foraggiati, puliti, curati e montati tutti i giorni, con qualunque tempo. Nessuno ci chiedeva se ne avessimo voglia o no. Non c'erano scuse, in una tenuta ippica gli animali vengono prima di tutto il resto.

«Però domani pomeriggio dovrei farcela» continuò Tim. «Mio padre va via per qualche giorno a vedere dei cavalli. Volevo andare al prato con il trattore per recuperare gli ostacoli. Potresti essere là alle due e mezza con Melike?»

I miei pensieri cupi si dissolsero all'istante. Che domanda!

«Ma certo» risposi entusiasta. «La chiamo subito».

«Fantastico. Non vedo l'ora».

«Anch'io. E... Tim?»

«Sì?»

Esitai. Io e Tim ci sentivamo spesso al telefono, non era per niente difficile parlare con lui, ma quando si trattava dei miei sentimenti nei suoi confronti, mi mancavano sempre le parole. Era così anche in quel momento.

«Ho preso una delle brochure» sussurrai tremante. «Adesso mi sono fatta un'idea di dove passi il tuo tempo. E ho anche una tua foto...»

«Non è particolarmente bella». Rise piano. «Mia madre sta mettendo su un sito per il *Sonnenhof*, là spero di venire un po' meglio».

Parlammo ancora un po', poi Tim dovette riattaccare. Però nel salutarmi fu tenerissimo. E qualche secondo dopo la fine della telefonata, sentii ancora la suoneria. Mi era arrivato un sms.

"Un giorno andrà tutto meglio" mi aveva scritto. "Ma per il momento vivo per quando posso vederti. Ti amo".

«Anch'io ti amo» sussurrai, e subito scoppiai in lacrime.

Rimasi coricata sul letto ancora un po', a fissare il soffitto. Quando ripensavo alle sue parole il mio cuore galoppava, e se da una parte ero orrendamente triste, allo stesso tempo ero anche felice.

Dal piano di sotto mi chiamò la mamma.

«Arrivo!» risposi alzandomi di corsa.

Tim mi amava! E io avrei resistito come lui e avrei vissuto per il nostro prossimo incontro.

CAPITOLO 5

Quando poco dopo le due e mezza io e Melike, seguite da Twix, arrivammo al campo tutte trafelate con le nostre biciclette, Tim aveva già caricato sul rimorchio del vecchio McCormick rosso un po' di barriere e di pilieri.

Era una giornata fresca e ventosa e la salita al prato con il vento contrario era stata davvero faticosa, ma alla vista di Tim il mio cuore, che già batteva forte, raddoppiò la sua velocità. Sarei mai riuscita a vederlo senza rischiare l'infarto? Tim ci salutò da lontano, saltò giù dal rimorchio e attraversò il prato per venirci incontro.

«Ciao! Eccovi! Credevo di dover fare tutto da solo!»

Si fermò davanti a noi e mi guardò. Era talmente carino, con i capelli scompigliati dal vento e quei luminosi occhi azzurri, che rimasi senza parole.

«Ho saltato apposta l'ultima ora di scuola per arrivare in tempo» ribatté Melike spostando lo sguardo da Tim a me. «E avanti, baciatevi, su. Io mi volto».

«Gentile da parte tua». Tim parve leggermente imbarazzato, ma poi fece un passo verso di me, mi strinse fra le braccia e mi baciò sulla bocca.

Mi prese una vertigine. Il mio primo bacio risaliva solo a qualche settimana prima. Non ero ancora abituata a essere abbracciata e baciata. Il viso di Tim era così vicino al mio!

«Avete finito?» chiese Melike. «Posso voltarmi?»

«Ancora tre secondi» rispose Tim, e io scoppiai a ridere. Mi lasciò andare e barcollai come un'ubriaca.

Twix se l'era svignata e adesso dava la caccia ai topi raspando nel terreno con le zampe e con i denti. Andammo al trattore e cominciammo a caricare gli ostacoli rimanenti. Al contrario di quel pomeriggio di novembre in cui li avevamo scaricati in un'atmosfera briosa e carica di aspettativa per l'avventura del "Progetto Fritzi", come Tim aveva battezzato il nostro allenamento segreto, quel giorno eravamo tutti più malinconici. Era la fine irrevocabile delle ore da trascorrere insieme e della possibilità di vederci regolarmente. Continuavo a scoccare occhiate furtive a Tim cercando di imprimermi nella mente la sua faccia, il suo sorriso, le sue mani, insomma, ogni minimo dettaglio, in modo da poterli recuperare quando fossi stata sola, senza di lui.

«Elena, per piacere, prendi il trattore e vai al prossimo ostacolo!» mi gridò Tim.

Io salii sul trattore, che scoppiettava in folle. Però rilasciai la frizione troppo presto, il McCormick fece un sobbalzo e il motore si spense.

«Accidenti, e adesso come si riaccende?» brontolai.

«Aspetta, c'è un trucco». Tim saltò al mio fianco e si chinò su di me. «Scivola un po' in avanti».

Si sedette dietro di me e cominciò a trafficare.

«Togli il piede dalla frizione» ordinò, e io obbedii. Azionò qualche leva sotto il volante e qualche istante dopo il motore girava di nuovo. «Così, e ora accelera un po' e lascia andare la frizione lentamente. Piano, non così di botto... Prova».

Tim sollevò il piede dalla frizione, ma improvvisamente avevo le gambe molli come un budino e il trattore sobbalzò e si spense un'altra volta.

«Secondo me lo fai apposta». La voce di Tim era divertita.

«No, te lo giuro» ribattei, e allora mi premette un bacio sulla guancia con le labbra fredde.

In quel momento fui sopraffatta dalla dolorosa consapevolezza che quello era un addio. Avrei voluto poter trattenere quel momento per sempre, fermare il tempo e restare in eterno con lui, su quel trattore, in mezzo al prato. Non riuscivo a vincere la paura. E se quella fosse stata l'ultima volta, se i sotterfugi cui eravamo costretti avessero rovinato tutto?

Il trattore si riaccese. Tim mi tenne stretta contro di sé ancora per qualche secondo e io sentii il suo fiato sulla nuca. Provava anche lui quello che provavo io? Non osavo chiederglielo.

«Adesso è a posto» disse Tim lasciandomi.

Saltai giù dal trattore con le ginocchia che tremavano e il viso in fiamme. Caricammo in fretta gli altri ostacoli, poi facemmo rotolare insieme il tronco fino al limitare del bosco. L'unica che parlava era Melike, ma a un certo punto anche lei non seppe più cosa dire.

Avevamo appena finito quando squillò il mio cellulare. Prendendolo dalla tasca della giacca feci cadere a terra il biglietto da visita che mi era stato dato il giorno prima alla scuderia e cui non avevo più pensato. La mamma voleva sapere dove fossi e io le dissi che ero con Melike e stavamo andando da Lajos. Tim intanto si era chinato a raccogliere il biglietto.

«*Khoren Gasparian*» lesse, e aggrottò la fronte pensieroso. «È un nome che mi sembra di conoscere».

«È un tizio che ieri è venuto alla tenuta da noi insieme con un altro» gli spiegai. «Ho completamente scordato di dirlo a mio padre».

«Era mica un tipo non molto alto, robusto, con le sopracciglia folte e un macchinone nero?» chiese Tim e io gli feci segno di sì. «Ieri sera è venuto anche da noi. Ha parlato a lungo con mio padre nella club house, ma non so che cosa volesse».

«Strano» dissi infilandomi il biglietto in tasca.

Tim diede un'occhiata all'orologio. «Sono quasi le quattro, devo andare».

«Non hai voglia di fare un salto da Lajos, prima?» gli proposi in fretta con la speranza di rimandare un altro po' il nostro addio.

Ma Tim scosse il capo.

«No, non posso. Devo scaricare tutti gli ostacoli, una volta a casa» disse evitando il mio sguardo. «E poi non credo proprio che il vostro Lajos sarebbe contento di vedermi, dopo tutto quello che gli hanno fatto i miei».

La sua voce era piena di amarezza. Solo un paio di settimane prima Tim aveva saputo da me la cosa orribile che aveva fatto suo padre. Molti anni prima, infatti, dopo il tragico incidente in cui era morta la sorella di mia madre, Richard Jungblut aveva dichiarato che al volante non c'era lui bensì Lajos, e quella terribile bugia era stata la causa dell'inimicizia fra le nostre due famiglie. A rimetterci era stato Lajos Kertészy, che si era ingiustamente fatto cinque anni di prigione.

«Che scemenza» intervenne Melike. «Lajos è un tipo a posto. Su, dai, solo qualche minuto».

«No» insistette Tim. Salì sul trattore scuro in volto e io dovetti rassegnarmi al fatto che non mi avrebbe salutata con un bacio.

«Grazie di tutto! Ti chiamo dopo!» gli urlai, ma lui si limitò ad annuire a labbra strette e accelerò così bruscamente che gli ostacoli sul trattore vibrarono in modo minaccioso.

«Vieni, andiamo da Lajos» disse Melike prendendomi per mano.

Annuii, mi forzai a distogliere lo sguardo dal trattore che si allontanava e seguii la mia amica verso le bici. Non volevo più vedere il campo vuoto. Mai più.

CAPITOLO 6

Quando poco dopo arrivammo alla casa del guardaboschi, trovammo Lajos di buon umore. Stava per scaricare tavole e pali da un rimorchio attaccato alla sua station wagon.

«Ehi, ciao!» ci salutò. «Arrivate a proposito, ho giusto bisogno di aiuto».

Twix gli corse incontro scodinzolando e gli saltò addosso.

«Sì, arrivi a proposito anche tu» rise Lajos chinandosi per accarezzare il mio Jack Russell Terrier. Twix non si lasciava toccare da nessuno, ma per Lajos andava matto.

«Che cosa stai facendo?» gli chiese curiosa Melike.

«Sto costruendo un piccolo recinto per i miei pazienti» spiegò Lajos. «Si sta spargendo la voce che sto qui e ogni giorno mi chiama qualcuno. Mi servirebbero altri dieci box. Però mi serve anche un posto dove i cavalli possano fare un po' di movimento e di lavoro alla corda».

Nella piccola stalla annessa alla casetta c'erano quattro box, quasi sempre occupati. Lajos era un veterinario e chiropratico per cavalli di grande esperienza.

Molti proprietari gli mandavano i loro animali malati quando gli altri veterinari erano costretti a gettare la spugna e non sapevano dare altro consiglio che sopprimere i poveri cavalli.

«E dove lo vuoi costruire?» volle sapere Melike.

Lajos accennò con il capo in direzione del limitare del bosco.

«Ho sradicato il vecchio orto. Basta appena per un tondino, ma meglio che niente».

«D'accordo» disse Melike piena di entusiasmo. «E noi che cosa dobbiamo fare?»

La mia amica adorava Lajos e con ogni probabilità avrebbe strappato alberi a mani nude, se solo lui glielo avesse chiesto. Non molto tempo prima io e Melike avevamo sospettato che Lajos fosse un ladro di cavalli che nascondeva gli animali rubati nella piccola stalla in mezzo al bosco. Allora Lajos aveva un aspetto ben diverso: lo avevamo soprannominato "orco", per via dei capelli scuri che gli arrivavano alle spalle e del barbone folto, e avevamo fatto una denuncia anonima alla polizia. In realtà le cose stavano in maniera completamente diversa, e di tanto in tanto mi vergognavo ancora ripensando a quello che gli avevo detto. Molti anni prima Lajos era stato il migliore amico di mio padre, e insieme con mia madre, sua sorella Viola, Richard Jungblut e Linda Gottschalk, la mamma di Tim, avevano passato molti anni felici all'*Amselhof*. Fino a quel funesto incidente. Dopo di allora le cose non erano più state come prima e l'amicizia fra Richard, Lajos e mio padre era finita.

Per molto tempo, però, io di tutto questo non avevo saputo niente. Come non avevo saputo niente delle doti di guaritore di Lajos. Lo avevo spiato nella casetta nel bosco, di proprietà di Friedrich Gottschalk, e mi era sembrato che cercasse di uccidere quest'ultimo; poi, mentre tentavo di scappare, ero inciampata e mi ero slogata una caviglia. A quel punto ero convinta che fosse suonata la mia ultima ora, ma in realtà l'orco si era rivelato un tipo simpatico e Friedrich Gottschalk era quasi morto dalle risate nel sentire che accusavo Lajos di essere un assassino. In verità Lajos gli stava semplicemente risistemando la schiena. Era stato tutto molto imbarazzante, però Lajos non si era offeso, anzi. E nel corso delle mie visite segrete aveva capito che io possedevo il dono di avvertire con le mani le malattie dei cavalli.

«Ho già scavato i buchi per i pali e impastato il cemento» stava dicendo Lajos. «Se mi tenete fermi i pali, posso versarlo».

Melike annuì e afferrò il primo palo. Io non ne avevo molta voglia, ma forse quel lavoro sarebbe servito a distrarmi dalla mia confusione e dal caos di sentimenti che mi turbinavano nel cuore.

«Che ti prende, Elena? È successo qualcosa?» Lajos mi scrutava con i suoi occhi scuri. «Mi sembri triste».

«No, non è niente, va tutto bene» mormorai.

Ma Lajos non si lasciò ingannare.

«La sapete una cosa, ragazze? È tutto il giorno che traffico. Adesso ho bisogno di un caffè e di uno spuntino, venite con me».

Lo seguimmo dentro casa, dove ci tagliò grosse fette del delizioso pane fatto da lui, ci spalmò sopra del burro salato e ci aggiunse del prosciutto. Poi ci offrì un caffè. Ci sedemmo a tavola nel confortevole cucinino. Melike divorava il suo pane di gusto, ma io non avevo fame. Nonostante l'aroma stuzzicante, mi sentivo lo stomaco chiuso.

Intanto Twix era saltato in grembo a Lajos e si era raggomitolato con un borbottio soddisfatto.

Carezzandogli il pelo del dorso, Lajos si rivolse a me: «Avanti, sputa il rospo, Elena: che cos'è che ti è andato per traverso?».

Con un sospiro posai sul piatto la fetta di pane ancora intatta.

«È per via di Tim» dissi infine.

Di Lajos mi fidavo, sapevo che non avrebbe spifferato niente ai miei. Non aveva detto nulla neppure dell'allenamento segreto con Tim e Fritzi.

«Abbiamo smontato il percorso. Da quando è papà a cavalcare Fritzi, non abbiamo più motivo di allenarci di nascosto».

«E così adesso Elena e Tim non hanno più occasione di vedersi» aggiunse Melike a bocca piena.

Mi sentii salire le lacrime agli occhi e cercai in tutti i modi di ricacciarle indietro. Non dovevo mettermi a piangere! Se avessi cominciato, non sarei più riuscita a smettere, lo sapevo.

«A scuola non posso parlare con Tim perché ho paura che Christian ci veda. E di pomeriggio non ci incontreremo più al campo».

«Uhm...» Lajos si appoggiò allo schienale e mandò giù un sorso di caffè. «E perché non ti vedi con lui qui?»

«Gliel'ho proposto, ma non vuole. Ha paura che tu non lo voglia vedere per via di quella vecchia storia con suo padre».

«Ma che scemenza!» Lajos scosse il capo. «Che cosa c'entra Tim con una cosa che è successa prima ancora che venisse al mondo? Digli che è sempre il benvenuto. Anzi, mi farebbe molto piacere conoscerlo».

«Grazie» mormorai.

Lajos era davvero un tipo in gamba. Si chinò sul tavolo, mi prese il mento con la mano e mi guardò seriamente.

«Su la testa, Elena» mi esortò gentilmente. «Lo so che per voi due non è facile, ma l'amore richiede sempre un po' di pazienza».

«Un po' di pazienza! Le cose peggiorano sempre più invece di migliorare!» Alzai rapidamente lo sguardo su di lui. Il suo viso mi si offuscò davanti agli occhi, ma riuscii a soffocare le lacrime. Raccontai a Lajos delle brochure del *Sonnenhof* e dei nostri clienti che continuavano a lasciare l'*Amselhof* per portare i loro cavalli a pensione dagli Jungblut.

«È vero che l'*Amselhof* non è così ultramoderno ed elegante come il *Sonnenhof*». La mia voce tremò leggermente. «Non abbiamo una club house di lusso, non abbiamo un campo da dressage dove cavalcare con qualsiasi tempo e i nostri paddock non sono chiusi da steccati bianchi. Sì, qua e là dal tetto entra la pioggia e non tutti i box hanno una finestra sull'esterno, però...»

Però ora il problema era un altro.

«Ed è per questo che Christian odia Tim sempre di più» continuò Melike al posto mio. «Come se la colpa fosse sua!»

Lajos si grattò la testa per un istante senza sapere che cosa dire.

«È davvero una situazione difficile. Posso solo consigliare a te e a Tim di aspettare. A un certo punto sarete tutti e due abbastanza grandi e nessuno potrà più proibirvi niente».

«Sto per compiere quattordici anni» gli ricordai. «Di sicuro Tim non mi aspetterà per altri quattro!»

«Eppure possono cambiare tante cose» ribatté lui. «In fondo, che cosa sono quattro anni?»

«Un'eternità» sussurrai scoraggiata. «Un'eternità infinita e orribile. E a un certo punto Tim si stancherà».

Alla fine non aiutammo Lajos a cementare i pali, perché la mamma mi chiamò di nuovo e mi ricordò che dovevo ancora movimentare Quintano.

Quando io e Melike arrivammo all'*Amselhof*, il nonno, Christian, Stani e Heinrich si stavano dando da fare per montare gli ostacoli nel campo di salto. O per meglio dire, avevano appena finito.

«E allora, la principessa ha passato un bel pomeriggio dall'uomo che sussurra ai cavalli mentre noi qui ci spaccavamo la schiena?» osservò secco Christian.

Lo ignorai e passai oltre.

«Mi cambio in fretta» dissi a Melike rimontando in bici. «Fra dieci minuti mi trovi alla scuderia».

«Devo forse anche sellare il destriero di Sua Altezza Smemorina?» mi gridò dietro Christian con un inchino.

Avrei tanto voluto dirgli di chiudere il becco, ma era proprio la risposta che aspettava per attaccare briga. Mio fratello non sopportava di non essere più al centro dell'attenzione di mio padre, era scocciato che il signor Nötzli avesse affidato Quintano a me e non a lui, era arrabbiato per gli incredibili progressi di Fritzi, che lui aveva sempre deriso, e gli rodeva come non mai che la vendita di Lagunas avesse rischiato di andare in fumo per colpa sua.

Pedalando, passai davanti alla rotonda fiorita diretta al parcheggio. C'erano poche auto, ma una mi saltò subito all'occhio: era il macchinone nero con la targa straniera. La porta della trattoria si aprì proprio in quel momento. Ne uscì papà, seguito dall'uomo con i baffi e dal suo accompagnatore. Che cosa volevano da noi, dopo che la sera prima avevano discusso al *Sonnenhof* con Richard Jungblut? Li osservai diffidente parlare ancora qualche minuto con mio padre, poi dargli la mano e andare alla macchina. Proseguii con la bici e l'appoggiai alla porta di casa.

«Elena, aspetta un attimo!» mi chiamò mio padre.

Lo trovai decisamente di buon umore. C'entrava il baffone tarchiato? Forse voleva portare all'*Amselhof* i suoi cavalli... Il cellulare di papà squillò.

«Oggi monti Quintano nel campo di salto. Alle cinque e mezza, va bene?» mi disse prima di rispondere.

«Sì, va bene». Mi sforzai di sorridere ed entrai in casa. «Vado subito a cambiarmi».

Con un orecchio ascoltai quello che mio padre diceva al telefono. Stava spiegando a qualcuno la strada dallo svincolo di Frankfurter Kreuz a Steinau e poi da lì all'*Amselhof*.

«Abbiamo un nuovo cliente?» gli chiesi.

«No, ma tra poco arriva un ragazzo che dovrebbe lavorare qui finché Jens è in convalescenza».

«Oh, perfetto...» dissi senza troppo entusiasmo, ma papà era già andato in cucina per riferire alla mamma la buona notizia.

CAPITOLO 7

Il vento aveva spazzato via le nuvole. Ora si era placato quasi del tutto e quando uscii nell'arena in sella a Quintano, il sole basso di un terso cielo di aprile sembrava tiepido e amichevole.

Quando sul finire dell'estate precedente il castrone baio era arrivato all'*Amselhof*, era un vero fascio di nervi, praticamente ingovernabile. Papà le aveva provate tutte, anche Jens e Christian si erano cimentati, ma non appena sentiva qualcuno in groppa, Quintano iniziava ad agitarsi. Il suo proprietario, il mercante di cavalli svizzero Gerhard Nötzli con cui mio padre faceva spesso affari, era stato sul punto di riprenderselo, ma poi un giorno era venuto all'*Amselhof* e mi aveva vista montare da sola nel maneggio coperto in sella a Fritzi.

Il signor Nötzli mi aveva chiesto di provare Quintano, e io lo avevo fatto. Anzi, avevo pure saltato, e il mercante di cavalli mi aveva fatto seduta stante – a me, una ragazzina di tredici anni! – un'offerta del tutto insolita: voleva che gli scozzonassi Quintano e che partecipassi ai concorsi con lui; in cambio mi avrebbe pagato duecento euro al mese e si sarebbe accollato tutte le spese.

Quando aveva saputo di questo accordo, mio fratello era quasi scoppiato per la rabbia come il nano Tremotino, ma ormai doveva ammettere anche lui che con me il nervoso Quintano galoppava davvero bene. Non era più così timoroso e sembrava trovarsi a suo agio. Per me era ancora un'esperienza eccitante. Avevo già saltato ostacoli alti con Fritzi, e anche con Calvador, il miglior cavallo da concorso di mio padre, ma Quintano saltava in maniera del tutto diversa. Bisognava stare seduti immobili e non esercitare troppa pressione con le cosce, e a quel punto il cavallo sfrecciava a testa bassa. Melike diceva che lei non sarebbe salita in sella a Quintano neppure per un milione di euro, ma a me sembrava un po' esagerato.

Partii con Quintano al passo tutto intorno al campo, poi strinsi un po' di più la sella, presi le briglie e accelerai al trotto. Arrivò papà e poco dopo venne anche la mamma. Quando cavalcavo Quintano usciva spesso a vedere: probabilmente era un po' a disagio nel sapermi in sella a un cavallo così esuberante.

Quel giorno Quintano era di nuovo molto vivace. Era la prima volta che poteva uscire all'aperto dopo il lungo inverno, e ovviamente c'erano un mucchio di cose da vedere. Mio padre mi fece saltare la piccola croce, poi un basso verticale e un piccolo oxer. Quindi eseguimmo una sequenza: cinque piccoli verticali uno dopo l'altro con una barriera fra ognuno di loro. Quell'esercizio serviva ad allenare non solo gli occhi del cavaliere, ma soprattutto gli anteriori e la groppa del cavallo.

A poco a poco Quintano si fece più tranquillo e più sciolto, sentiva bene il morso e faceva grande attenzione. Quando compii il percorso per la prima volta, vicino alla mamma, a Christian e a Melike notai un giovane uomo con i capelli scuri appoggiato al recinto. Osservava con interesse Quintano e me. Papà andò a parlargli, poi incaricò Christian di qualcosa, perché vidi mio fratello correre via. Con l'aiuto dell'uomo, mio padre alzò gli ostacoli di un paio di fori finché il percorso non raggiunse l'altezza di un livello medio.

«Avanti, Elena, ancora una volta!» mi gridò. «Ripeti esattamente come prima. Non fare pressione solo perché gli ostacoli sono un po' più alti!»

Annuii, accorciai le redini e spronai Quintano al galoppo. Il castrone affrontò i salti con le orecchie ritte e volò come una piuma sopra i verticali e l'oxer. Mi bastò solo mollare un po' la presa perché il cavallo accorciasse il passo adattandolo al meglio. Era una gioia montare un cavallo così meraviglioso, e se papà avesse alzato ancora gli ostacoli, non avrei esitato un istante. Quintano aveva un potenziale incredibile. Dopo avere concluso il percorso senza errori, lo rallentai al trotto dandogli delle pacche riconoscenti sul collo.

«È andata benissimo!» sorrise soddisfatto mio padre. «Non riesco a trovare assolutamente niente da ridire. Credo che possiamo iscriverti direttamente alle gare di livello medio».

Mi fermai raggiante accanto a papà e al signore che mi guardava curioso. Indossava un paio di pantaloni da cavaliere e delle ghette, ed era un po' più vecchio di quanto non mi fosse sembrato da lontano. Poteva avere sui venticinque anni. Con quei riccioli scuri e gli occhi azzurri era davvero bello. Che differenza con il brutto rospo!

«Elena, questo è Liam O'Brien» me lo presentò mio padre.

Mi chinai in avanti per dargli la mano.

«Ciao». Mi sorrise ammirato. «Hai montato davvero benissimo! Questo cavallo non è così facile, vero?»

Quel complimento mi fece arrossire. «Be', diciamo che con lui mi intendo bene».

Per fortuna in quel momento arrivò mio fratello con Cotopaxi e si diresse verso papà e Liam. Feci trottare Quintano ancora un po' perché ero curiosa di vedere come cavalcava questo Liam. Con la coda dell'occhio lo vidi mettersi il cap che aveva in mano. Quindi accorciò le staffe, strinse il sottopancia e si issò in sella. Cotopaxi era uno dei migliori cavalli da riproduzione di papà, ma non era particolarmente difficile da montare. Liam O'Brien sedeva in sella alla perfezione. Già dopo un paio di giri al trotto e al galoppo era chiaro che era un ottimo cavaliere. Rimasi in campo abbastanza da vedergli fare due salti, poi andai alla scuderia. Melike mi venne dietro.

«Liam O'Brien!» esclamò alzando gli occhi al cielo entusiasta. «Già il nome è troppo forte, non trovi? E quella R moscia! Troppo carina! Mi piace da matti!»

«Irlandese» dissi io togliendo la sella a Quintano.

«Che cosa?» chiese Melike.

«Irlandese» ripetei. «Credo che venga dall'Irlanda».

«Oh, dall'Irlanda! L'isola verde, che romantico! Forse i suoi genitori vivono in una roulotte... lo sai, come in quel film con il cavallo grigio». La mia amica, su di giri, ripeté il nome "Liam O'Brien" un paio di volte come un mantra.

Sorrisi scuotendo la testa fra me e me mentre lavavo le zampe a Quintano e lo riportavo nella scuderia. E così, il buon vecchio Lajos era bell'e dimenticato...

Poco dopo arrivò Liam, seguito da papà e da Christian.

«Il cavallo te lo prendo io» sussurrò Melike zelante allungando le mani verso le briglie di Cotopaxi.

«Grazie, molto gentile». Liam strizzò l'occhio alla mia amica senza avere idea di che cosa avesse scatenato e sparì nella scuderia con mio padre.

«Mi ha fatto l'occhiolino!» squittì Melike. «Ma hai visto che mani bellissime? Mio Dio, non ho mai visto nessuno con delle mani così belle!»

«Sei completamente fuori» le dissi prendendole Cotopaxi prima che quello sparisse nel suo box con sella e filetto. «E poi credevo che le mani, gli occhi e i capelli più belli del mondo li avesse Lajos...»

«Lajos!» Melike sospirò con fare teatrale e si lasciò cadere sul bauletto delle striglie. «Peccato che lui è davvero un *pochino* troppo vecchio per me. Uhm... Elena, che dici, quanti anni avrà Liam O'Brien?»

«È troppo vecchio pure lui. Come minimo trenta» risposi con faccia serissima.

«No, no, non può essere così vecchio. Al massimo ventitré» mi contraddisse. «Ho capito che la maggior parte dei cavalieri sembra più vecchia di quanto non sia. E sai perché?»

«No» risposi togliendo le stinchiere a Cotopaxi.

«Perché stanno sempre fuori all'aria aperta. Sole, gelo, vento, pioggia» proseguì Melike spiegandomi la sua teoria. «E questo fa invecchiare in fretta la pelle, si formano rughe come ai marinai o ai pastori. E poi sono magri e aitanti. La gente grassa non ha le rughe da giovane. E anche perché la maggior parte dei cavalieri fuma e beve, e quindi invecchia più in fretta rispetto a chi fa un lavoro d'ufficio».

Per tutto il giorno non ero stata granché di buon umore, ma a quel punto risi così tanto che sentii delle fitte al fianco. In quel momento papà tornò nella scuderia con Liam O'Brien. Christian stava portando Circle of Life, una cavalla piuttosto vivace di cinque anni.

Melike saltò su dal bauletto come morsa da una tarantola. Io soffocai la risata e osservai Liam senza farmi notare. La sua faccia era priva di rughe e non mostrava i segni del tempo, ma era davvero molto aitante e solo poco più alto di me.

Uscii con la mia amica per andare al campo di salto e lei continuò a blaterare senza posa.

«Liam O'Brien... Oh, Elena, ma guarda, cavalca in maniera troppo divina! Non gli importa per niente che Circle of Life faccia così la matta. Oh, potrei stare a guardarlo cavalcare per ore!»

Le piantai un gomito nel fianco, ma Melike era inarrestabile. Liam montava veramente bene, anche con quella cavalla difficile non aveva problemi, però non lo trovavo migliore di mio padre o di Tim. Melike era davvero esagerata.

«Tu credi che tuo padre lo assumerà?» rifletté ad alta voce. «Ce l'avrà una ragazza?»

«Chi, mio padre?» ribattei ridacchiando.

«Sei proprio scema!» rispose Melike, e ci scambiammo un sorriso.

Al mondo non c'era davvero niente di meglio di una vera amica.

Liam O'Brien sarebbe rimasto da noi come sostituto di Jens, inizialmente per tre mesi, annunciò papà quando più tardi rientrò per cena e si sedette a tavola. Il giovanotto aveva buone referenze perché aveva lavorato in molte grandi scuderie di cavalli da salto, fra l'altro anche in quella di un noto mercante di cavalli di Vogelsberg, da cui mio padre aveva avuto il suo numero di telefono.

«Ottimo» disse Christian.

Ero contenta anch'io, soprattutto all'idea di poter comunicare la buona notizia a Melike.

«Certo, è strano che possa cominciare da noi subito» disse la mamma portando in tavola il cestino del pane. «Non si è dovuto licenziare?»

Papà smise di sorridere e inarcò brevemente le sopracciglia.

«Ma perché devi sempre vedere problemi dove non ce ne sono?» chiese con una voce stizzita che conoscevo fin troppo bene. Era così che ci aveva parlato quasi sempre nei mesi precedenti la vendita di Lagunas.

Spesso era bastata una sola parola sbagliata per farlo esplodere. Evidentemente lo ricordò anche la mamma, perché non disse più niente.

«Liam si è messo in proprio da qualche mese, gira per la regione» spiegò poi papà prendendosi una fetta di pane. «Sono davvero felice che stamattina Reinhold mi abbia fatto il suo nome. Ogni tanto un po' di fortuna ci vuole».

«I suoi genitori avevano un allevamento in Irlanda, ma suo padre è morto in un incidente quando lui era piccolo, così la madre è stata costretta a vendere la tenuta» aggiunse Christian. «Ha lavorato un paio di anni in America, in Florida, e ha partecipato a diversi concorsi. Piacerebbe anche a me...»

«Ma se conosci l'inglese a malapena per i tuoi videogiochi!» gli dissi. «Che cosa vorresti andarci a fare in America?»

«Di sicuro parlo inglese meglio di te» sibilò lui.

«Ho letto quello che hai scritto sul forum della scuola» risposi sorridendo. «Non hai azzeccato neppure una parola».

Christian arrossì di rabbia e stava già per ribattere quando la mamma lo mise a tacere con un'occhiataccia.

«Chi erano quei due uomini con cui ti ho visto parlare questo pomeriggio alla trattoria, Micha?» chiese mia madre a mio padre, e mi tornò di nuovo in mente il biglietto da visita.

«Khoren Gasparian, un uomo d'affari armeno. Nel suo paese ha un'azienda ippica in cui alleva cavalli da salto purosangue di razza Holstein e Hannover. Ora sta cercando una tenuta qui in Germania. Quello che mi ha detto mi è parso molto interessante».

«Non vorrà mica comprare l'*Amselhof*?» chiese Christian preoccupato.

«No, no». Papà scosse il capo. «Vorrebbe investire del denaro. Se ho capito bene, sta cercando un cavaliere con esperienza in concorsi internazionali che monti per l'Armenia. In cambio comprerebbe dei cavalli e un camion, investirebbe nella tenuta e così via».

«A me non è parso particolarmente simpatico» disse la mamma, e dentro di me, mentre ripensavo a come quel tipo avesse girato tranquillamente nella nostra scuderia curiosando dappertutto, le diedi ragione.

«La simpatia non c'entra» ribatté mio padre. «L'idea di avere un socio pronto a investire nella tenuta e nell'acquisto di nuovi cavalli è interessante. Prima del prossimo campionato del mondo Gasparian vuole mettere su una squadra che cavalchi per l'Armenia. È il suo grande sogno, e per questo è pronto a investire un paio di milioni».

«Wow!» Christian si dimenò eccitato sulla sedia, i suoi occhi brillavano di entusiasmo. «Un paio di milioni! E in più un camion nuovo di zecca e gare internazionali! Ma è una possibilità fantastica per noi, papà! Salderemmo tutti i debiti e tu potresti girare il mondo!»

«Sì, è una prospettiva davvero allettante» convenne mio padre.

Scoccai una rapida occhiata alla mamma. Per me sarebbe stato orribile trovarmi quel grassone viscido fra i piedi tutti i giorni. E non potevo credere che la mamma fosse entusiasta di non avere praticamente più in casa papà. Invece mio fratello immaginava già come sarebbe stato girare da un concorso all'altro a bordo di un camion gigantesco. Papà, però, mise rapidamente fine ai suoi sogni.

«Ho rifiutato» disse. «Non mi entusiasma l'idea di dovere dipendere da un perfetto sconosciuto. E poi non intendo prendere la nazionalità armena e cavalcare per l'Armenia».

Christian fissava incredulo mio padre.

«Non ci posso credere!» sbottò. «Ma come puoi rifiutare una proposta così, papà? In un sol colpo risolveremmo tutti i nostri problemi e noi...»

«Ma in cambio ne sorgerebbero di nuovi» lo interruppe papà. «Voglio rimanere indipendente e non sentirmi dire di continuo che cosa devo fare».

Squillò il suo cellulare e papà si alzò per andare a rispondere fuori. Christian non si capacitava che nostro padre si lasciasse scappare un'opportunità del genere e cominciò a imprecare. La mamma si alzò da tavola e io la imitai per aiutarla a sparecchiare. Ero contenta che papà avesse detto di no e dentro di me mi chiedevo a che gioco giocasse quel Gasparian, considerato che il giorno prima aveva parlato anche con Richard Jungblut. Ma naturalmente alla mia famiglia questo non potevo dirlo.

CAPITOLO 8

«E allora? Come ci si sente?»

Il dentista mi sorrise. Mi passai la lingua sui denti. Che sensazione! Avevo desiderato tanto che arrivasse quel giorno, e finalmente c'eravamo. Dopo tre lunghi anni mi ero liberata di quell'orrendo apparecchio.

«Tieni» mi disse porgendomi uno specchio, e potei ammirare incredula i miei denti bianchi e regolari.

«Grande!» esclamai con un sorriso smagliante. «Fantastico!»

«Un vero sorriso da spot del dentifricio» confermò il dentista. «Tre anni passano in fretta, vero?»

Senza volerlo, ripensai alle parole di Lajos: in fondo, che cosa sono quattro anni? Saltai giù dalla poltrona, mi precipitai in sala d'attesa ed esibii alla mamma i miei denti perfetti.

«Hai visto?» commentò lei soddisfatta. «Ne valeva la pena. E adesso, che cosa facciamo?»

«Devo andare a scuola» le ricordai.

«Sicura?» ribatté lei con mia sorpresa. «Pensavo che potremmo passare una bella mattinata a Francoforte... Parrucchiere, shopping... solo io e te, che ne dici?» Mi fece l'occhiolino. «In fondo questo è un giorno speciale».

Oh, aveva proprio ragione! Un'intera mattinata a Francoforte... Di solito la mamma ci comprava i vestiti al centro commerciale, e a me e a Christian i capelli li tagliava lei. Però quel giorno fu tutto diverso... La parrucchiera mi aveva convinta a tagliare di dieci centimetri i miei insulsi capelli dritti come spaghi e ad arricciarli con la permanente. Il mio nuovo look mi affascinava e non riuscivo a passare davanti a una vetrina senza sorridermi con i denti scoperti finché la mamma non mi tirava via ridendo. Nella sua tabella di marcia c'erano ancora un paio di boutique che fino a quel momento conoscevo solo dai racconti di Ariane e delle sue amiche. E quando verso mezzogiorno ripartimmo alla volta di Steinau, sul sedile posteriore della macchina c'erano alcune borse con un paio di capi davvero eleganti.

Proprio mentre la mamma svoltava per entrare in cortile, sentii la suoneria del mio cellulare. Tim mi aveva inviato un sms!

"Oggi a scuola non ti ho vista. Tutto a posto? Mio padre è via, oggi avrei tempo! T.".

Non me lo aspettavo proprio! Quello doveva essere il mio giorno fortunato.

«Che c'è, hanno sentito la tua mancanza?» si informò la mamma, e io annuii e basta.

L'aiutai a scaricare le borse più in fretta che potevo e la ringraziai con un bacio. Volevo fare un salto in camera mia per rispondere a Tim prima che facesse programmi diversi per il pomeriggio.

Christian entrò in casa togliendosi il casco. Il suo sguardo si posò prima sulle borse, poi su di me.

«E così oggi la Principessa Smemorina ha saltato la scuola per andare a fare spese» constatò acido.

«Guarda qui!» esclamai esibendogli i denti liberi dal metallo, ma la cosa non parve impressionarlo più di tanto. Entrò in cucina lamentandosi con la mamma che a lui non era mai stato permesso di saltare la scuola per un appuntamento dal dentista.

«Ho perso il conto di quanti venerdì hai saltato la scuola per andare a un concorso» la sentii dire.

Non rimasi ad aspettare la risposta di Christian e invece corsi su per le scale e sparii nella mia stanza. Digitai l'sms con dita tremanti.

"Fantastico. Quando e dove?"

Neppure un minuto dopo mi aveva già risposto.

"Alle tre. Proponi qualcosa".

Non che avessimo tutte queste possibilità di scelta...

"Alla casetta nel bosco di Lajos" scrissi, e poi aspettai nervosa la sua risposta. Ma prima che arrivasse, mi chiamò Melike.

«Io e Babsi ci vediamo alle tre da Lajos» le dissi. Lei sapeva chi si celava sotto il nome di Babsi. «Tu vieni?»

«Oh, ehm... no, credo di no» nicchiò imbarazzata.

Un paio di giorni prima la mia amica non si sarebbe certo lasciata sfuggire una simile opportunità. Ma ora c'era Liam... Sorrisi e non riuscii ad arrabbiarmi. Sentii la suoneria del cellulare.

«Be', allora ci vediamo dopo» le dissi in fretta, e terminai la conversazione per leggere quello che mi aveva scritto Tim. La sua risposta era breve e secca.

"D'accordo" diceva, e mi sentii felice.

Quel mattino mio padre aveva già montato Fritzi, perciò sarei andata nel bosco con Sirius. Mi ero messa una t-shirt nuova di zecca, e sopra la felpa con il cappuccio arancione appena comprata, poi ero andata di nascosto nella scuderia. Di certo la mamma non sarebbe stata entusiasta se mi avesse vista andare in campagna con i vestiti nuovi. Del resto, non poteva immaginare che la mia sarebbe stata tutt'altro che una semplice uscita a cavallo.

Svoltando l'angolo, mi resi conto di non essere sola nella scuderia. Liam stava strigliando un cavallo nel corridoio e fischiettava. A differenza di quello scontroso di Jens, lui era sempre di buon umore e con i cavalli non era mai impaziente.

«Ciao, Elena!» mi salutò.

«Ciao, Liam» risposi passandogli davanti diretta alla selleria.

«Che cos'hai fatto ai capelli?» mi chiese con un fischio di ammirazione. «Sembri una star del cinema!»

Sapevo benissimo che era un'esagerazione, però il suo complimento mi fece piacere comunque.

«Sono stata dal parrucchiere» spiegai imbarazzata.

«E hai anche tolto l'apparecchio» notò. «Ecco che il piccolo anatroccolo si trasforma in un bel cigno! Tutti i ragazzi perderanno la testa per te!»

Risi piano arrossendo come un peperone. Melike aveva proprio ragione, il suo accento buffo era davvero troppo carino.

Mi affrettai a sellare Sirius per non incrociare anche papà e dieci minuti dopo trottavo alla volta del bosco.

Quando alle tre meno dieci arrivai alla casetta, Tim non c'era ancora. Lajos, in cima a una scala, stava montando qualcosa sulla parete sopra la porta della stalla.

«Che cosa stai facendo?» gli chiesi. «Installi una parabola satellitare?»

«No. È un rilevatore di movimento per l'impianto di allarme. Sono preoccupato per quei furti di cavalli. Due settimane fa hanno portato via due giumente con i loro puledri da una scuderia nei pressi di Taunusstein e poco fa anche un giovane stallone che il proprietario aveva acquistato all'asta pagandolo un mucchio di soldi» mi spiegò continuando ad armeggiare con il cacciavite. «I cavalli spariscono senza lasciare traccia».

«Ma che cosa ci fanno i ladri con questi cavalli?» risposi stupita. «Non possono certo rivenderli in Germania».

«Probabilmente li portano all'estero, lì nessuno chiede i documenti. E poi i puledrini non sono ancora marchiati e non hanno il chip». Lajos scese dalla scala. «Puoi mettere il pony nel tondino».

Tolsi a Sirius sella e filetto e lo portai nel tondino ormai finito dove il mio pony si buttò su un paio di ciuffi d'erba striminziti che crescevano vicino al recinto.

«Ehi, ma come siamo eleganti!» disse poi Lajos dopo avermi guardata meglio. «Sembri una modella».

«Sta per venire anche Tim» gli spiegai eccitata sistemandomi i capelli, che erano rimasti schiacciati sotto il cap. Quindi mi spazzolai un po' di polvere dai pantaloni. Sentii il rumore del ciclomotore di Tim e il mio cuore entrò in fibrillazione.

«Oh, eccolo! Sto bene?» chiesi nervosa a Lajos.

«Ma certo» mi rassicurò con la massima serietà. «Se non fosse già innamorato di te, succederebbe adesso. Be', ora devo rientrare...»

E sparì in fretta con una strizzatina d'occhio e una pacca sulla spalla. Rimasi a guardarlo perplessa senza sapere se avesse parlato sul serio o se volesse solo prendermi in giro, ma ormai era troppo tardi per scoprirlo perché Tim aveva spento il motore e si stava avvicinando.

«Ciao» mi salutò con un sorriso un po' incerto. Non era molto a suo agio, e potevo ben capirlo, sapendo come si era comportato suo padre con Lajos. Venire lì era stato davvero coraggioso da parte sua.

«Guarda: sorpresa!» Gli sorrisi con i miei denti bianchissimi e liberi dall'apparecchio.

«Oh, wow! Ma sei fantastica!»

Mi strinse fra le braccia. Chiusi gli occhi e un attimo dopo sentii le sue labbra sulle mie.

«Potrei abituarmici» sussurrai riaprendo gli occhi.

«Anch'io».

Mi carezzò una guancia e mi baciò ancora. A un tratto ogni altra cosa era dimenticata, ero solo pazzamente felice.

Lajos uscì di casa. Non arrivò di soppiatto, ebbe cura di fare rumore perché lo sentissimo. Presi la mano di Tim.

«Lajos, questo è Tim Jungblut. E Tim... ti presento Lajos».

Vidi accendersi negli occhi di Lajos un brevissimo

lampo di sorpresa e seppi che cosa gli stava passando per la mente, perché nell'armadio della mamma avevo visto quelle vecchie foto: da giovane, Richard Jungblut era esattamente uguale a Tim. Lajos riuscì comunque ad accennare un sorriso. I due si diedero la mano.

«Mi fa piacere conoscerti, Tim. Elena e Melike mi hanno parlato tanto di te... ero davvero curioso».

«Piacere mio» rispose Tim, che parve sollevato. «E io ho sentito parlare altrettanto di lei, dottor Kertészy».

«Oh, ti prego, chiamami Lajos!» Lajos sorrise e poi si voltò verso di me. «Che ne dici, Elena, avresti voglia di vedere il mio nuovo ospite?»

Annuii e lo seguimmo nella stalla. Lajos aprì la porta di un box che ospitava un cavallo baio, il quale abbassò subito le orecchie con aria diffidente.

«Questo è uno stallone francese. Era un campione di trotto e ha vinto molte corse, ma all'improvviso ha cominciato a perdere» spiegò voltandosi verso Tim. «La maggior parte dei cavalli che vengono da me ha già girato parecchie cliniche. Per loro sono l'ultima speranza...»

«E qual è il suo problema?» chiese Tim.

«Be', non lo so ancora». Lajos inclinò il capo pensieroso. «Zoppica. Ai raggi X sembra tutto a posto, non ha neppure delle vertebre lussate, però non mangia bene, è aggressivo e fisicamente non è in buone condizioni».

In effetti il cavallo aveva il mantello opaco, le costole e i fianchi sporgenti. Guardammo anche gli altri animali, poi Lajos mostrò a Tim il resto del giardino.

Quindi ci sedemmo in veranda a bere limonata e Tim divorò la torta preparata da Lajos.

Io non avevo fame. Ero seduta sulla panchina accanto a Tim, ed ero così emozionata che mi si era chiuso lo stomaco. Sarei potuta rimanere così per sempre! Sospirai soddisfatta. Davanti a noi si stendeva il lago che scintillava sotto i raggi del sole. Gli uccellini cinguettavano fra gli alberi e dal bosco arrivava il richiamo di un cuculo. Stavo a sentire i discorsi di Lajos e Tim con un orecchio solo.

«... se avesse abbastanza soldi, mio padre vorrebbe costruire un secondo maneggio coperto» stava dicendo Tim. «E adesso ha trovato qualcuno che vuole davvero sganciargli un mucchio di quattrini».

«Quel Gasparian?» chiesi io, e lui annuì. «È tornato anche da noi, ma mio padre gli ha detto di no» raccontai a Tim. «Mio fratello è andato su tutte le furie. Si immaginava già di andare ai concorsi con un bel camion nuovo».

«E così adesso ho fra i piedi anche questo tizio con quel suo viscido compare» sbuffò Tim. «Mi ci mancava solo questa».

«Ma di chi state parlando?» si intromise Lajos.

Un po' per uno gli raccontammo del ricco armeno che cercava una tenuta nelle vicinanze per investirci dei soldi.

«Mio padre vuole rimanere indipendente e non ha alcuna intenzione di gareggiare per l'Armenia» spiegai. «Preferisce avere un paio di box vuoti».

«A mio padre non importa un accidente» ribatté

tetro Tim. «Ieri sera si sono messi d'accordo, così nel fine settimana andremo a Stoccarda a vedere un camion. E poi Gasparian vuole costruire al *Sonnenhof* una nuova scuderia. Come se non avessimo già box a sufficienza!»

Tim alzò gli occhi al cielo. Sapevo che a casa sua doveva lavorare come un dipendente, in cambio di quasi nulla. E anche se i clienti arrivavano a tarda sera, toccava a Tim mostrare loro gli animali.

«Mio padre era così smanioso di fare affari con quel tipo che non ha neppure battuto ciglio quando l'interprete gli ha detto che prima erano già passati da voi e che in realtà al riccone l'*Amselhof* era piaciuto di più». Tim non riuscì a trattenere un sorriso. «Secondo lui la vostra tenuta ha "fascino" e "atmosfera" e una posizione migliore. Il mio vecchio si è seccato da morire».

Tim rise piano, ma non sembrava particolarmente allegro.

«Be', un paio di box in più mi farebbero comodo pure a me» intervenne Lajos. «Però posso capire Micha. Anch'io non rinuncerei così facilmente alla mia indipendenza».

In quel momento fui colpita da una folgorazione.

«Ma perché non vieni da noi all'*Amselhof*?» proposi. «Noi abbiamo posto più che a sufficienza per te e per i tuoi pazienti, e papà e mamma avrebbero di nuovo un paio di box occupati. E poi abbiamo Robbie, che è meglio di qualsiasi impianto di allarme. Nessun ladro di cavalli riuscirebbe a entrare nella scuderia di nascosto».

Lajos e Tim mi guardarono sorpresi. Per un attimo nessuno parlò.

«Non ci avevo neppure pensato». Lajos aveva la fronte aggrottata, ma poi la sua faccia si allargò in un gran sorriso. «Cavoli, è davvero una buona idea!»

Saltò su e rischiò quasi di rovesciare il tavolino, che io e Tim ci affrettammo a tenere fermo con le mani. Lajos mi guardava raggiante.

«Chiamo subito tuo padre» disse euforico. «Hai avuto un'idea grandiosa, tesorino!»

«Però ricordati che qui ci sono solo io!» gli gridai dietro.

«Ma certo». Lajos mi fece l'occhiolino e sparì dentro casa.

Rimasi sola con Tim.

«*Tesorino*» mi ripeté lui sorridendo.

Poi mi cinse la vita con un braccio e io gli presi la mano. Dall'acqua del laghetto balzò fuori un pesce, che ricadde con un tonfo. Sul tetto della casetta tubava una colomba.

«Dovrebbe essere sempre così» disse Tim. «Così straordinariamente tranquillo e sereno. Da noi a casa invece è sempre tutto tremendamente frenetico. Prima, quando non avevamo ancora cavalli a pensione, poteva ancora andare, ma adesso, ti assicuro, è un incubo. Non siamo mai soli».

Guardammo trasognati la superficie lucente del lago godendoci il semplice fatto di essere insieme.

Quella calma magnifica durò solo qualche minuto, poi lo squillo del cellulare di Tim lacerò il silenzio.

«Oh, accidenti, mio padre!» disse con un'occhiata al display.

Rispose controvoglia. Sentivo la voce di Richard Jungblut come se fosse stato lì.

«Dove diavolo ti sei cacciato?» gridava. «Non mi importa che cosa stai facendo, se non sei qui entro un quarto d'ora te la faccio vedere io!»

Tim spense il cellulare senza dire una parola.

«Sei di nuovo nei guai a causa mia» gli dissi sentendomi in colpa.

«No, tu non c'entri» rispose lui. «Mio padre trova sempre un motivo, credimi. Ma è meglio se non lo faccio aspettare».

Tim se ne andò. Quelle due ore erano passate troppo in fretta. Continuavo a non riuscire ad abituarmi al senso di abbandono che mi prendeva regolarmente quando Tim scompariva alla mia vista. Quanto tempo sarebbe passato prima che potessimo di nuovo vederci, tenerci per mano, baciarci? Qualche volta pensavo che sarebbe stato più facile non vedersi mai più piuttosto che vedersi senza potersi parlare. Non riuscivo neppure a immaginare quello che lo aspettava al *Sonnenhof*. Che cosa si provava ad avere paura di tornare a casa propria? Mio fratello non aveva nessun motivo di invidiare Tim.

Sulla via del ritorno riflettei sul perché il tempo passasse in maniera così diversa. Le cose belle finiscono in un lampo mentre quelle brutte durano un'eternità. E poi mi era sempre più difficile fingere. Avrei tanto voluto raccontare di Tim alla mamma, o dire a papà che Richard Jungblut faceva affari con quel brutto ceffo di Gasparian, e invece dovevo tenere la bocca chiusa e tacere. Avrei tanto voluto compiere subito diciott'anni, e non quattordici. Allora sarei stata adulta e nessuno avrebbe più potuto proibirmi di vedere Tim!

CAPITOLO 9

«Oh, è stata davvero una decisione geniale, quella di trasferire i nostri cavalli al *Sonnenhof*» annunciò Ariane non appena misi piede in classe.

Era seduta al suo banco, ancora una volta tutta in tiro come a una sfilata di moda, circondata dalle sue fedelissime che l'ascoltavano devote. Le ignorai e andai al mio posto.

Ariane mi aveva lasciata in pace per un paio di settimane, ma da qualche giorno non faceva che lanciarmi frecciatine. Non c'era mattina che a scuola non decantasse il *Sonnenhof* e Tim come se sapesse esattamente quanto mi faceva male.

La notizia che Richard Jungblut si era trovato un ricco sponsor che avrebbe finanziato l'ampliamento del *Sonnenhof* e gli avrebbe comprato un nuovo camion e altri cavalli non era più una novità. Negli ambienti ippici, ai concorsi e nei corridoi delle tenute, il *Sonnenhof* era da settimane al centro delle conversazioni e ognuno diceva la sua sulla leggendaria ricchezza di Gasparian e sugli straordinari cambiamenti avvenuti al *Sonnenhof*. Christian ribolliva di rabbia, ma papà non faceva commenti.

Quella sera stessa Lajos era venuto all'*Amselhof* e aveva discusso la mia proposta fino a notte fonda insieme con i miei genitori. Lajos avrebbe preso in affitto un settore a parte della scuderia con dieci box per i suoi pazienti. Inoltre avrebbe trasformato in un ambiente per la cura dei suoi cavalli la grande selleria e il deposito del foraggio annessi, che non venivano più utilizzati ed erano solo pieni di cianfrusaglie.

Per me tutto questo era grandioso: d'ora in avanti avrei potuto vedere Lajos tutti i giorni e imparare da lui. E proprio per questo motivo quello che Ariane stava dicendo non mi faceva né caldo né freddo.

«La settimana scorsa sono arrivati i fondali nuovi per il maneggio coperto e il campo di salto. Sembra di cavalcare sulla spiaggia» blaterava ad alta voce. «Se ripenso a quell'orrenda pista tutta gobbe dell'*Amselhof* mi vengono i brividi».

Sentii che mi scoccava un'occhiata, ma non mi lasciai provocare, perché era esattamente quello che si prefiggeva con le sue scemenze.

Rebecca e le altre oche ridacchiarono.

«Il signor Jungblut si è preso i ronzini che ci hanno rifilato all'*Amselhof*» proseguì Ariane scrollando i riccioli biondi. «In cambio mio padre mi ha comprato uno dei cavalli migliori degli Jungblut. Ieri è venuto da noi l'allenatore e ha detto che con Con Amore verrò convocata di sicuro».

Rimasi ad ascoltare, perché quella era una novità anche per me. Con Amore era uno dei saltatori migliori di Richard Jungblut, e purtroppo con quel cavallo Ariane aveva davvero buone probabilità di essere inserita nella squadra regionale di cui facevo parte anch'io.

«Mio padre ha fatto fare a tutti delle fantastiche giacche» continuò a starnazzare. «La *Squadra Sonnenhof*. In modo che tutti sappiano a quale scuderia apparteniamo».

«Oh, forte!» esclamarono le altre in coro. «E di che colore sono?»

Alzai gli occhi al cielo. Come se a Rebecca o a Tessa o a una delle altre oche interessasse davvero il colore delle giacche della squadra! Ma la frecciatina che Ariane aveva scagliato nei miei confronti era effettivamente andata a segno. Io non facevo parte del loro circolo, e anche se io e Tim ci sentivamo spesso al telefono, erano Ariane e le altre a passare i pomeriggi con il mio ragazzo, non io. Come mai il giorno prima Tim non mi aveva raccontato che il padre di Ariane aveva comprato Con Amore?

«Tim mi fa lezione tutti i giorni» sussurrava adesso lei. «È il miglior allenatore al mondo. E lui dice che con il nuovo cavallo me la caverò benissimo e otterrò in un baleno i piazzamenti nelle gare di livello medio che mi servono per la convocazione».

«Per me quel Tim sarebbe già un motivo valido per cominciare ad andare a cavallo» pigolò Tessa alzando al cielo quei suoi occhi da mucca truccati di nero. «Oh, è trooooppo carino!»

«È vero». Ariane prese di tasca il cellulare nuovo di zecca. «Aspettate, vi mostro una foto di me e Tim. L'ho fatta ieri alla club house».

Fece girare il cellulare e le altre unirono le teste, ridacchiarono e fecero una serie di "Ah!" e "Oh!" e "Che carini!".

Mi si rivoltava lo stomaco. Dentro di me la gelosia esplose e mi stritolò il cervello con i suoi artigli. Avrei voluto piombarle addosso e schiacciare sotto i piedi il suo stramaledetto telefono. Strinsi i pugni sotto il banco e mi affondai le unghie nei palmi per non mettermi a urlare. Era vero? Tim le dava lezioni, come aveva fatto con me e Fritzi? Avevo sempre creduto che fosse qualcosa di speciale, qualcosa che aveva fatto solo per me! E che cos'erano quelle foto? Dovevo saperlo, subito.

Entrò la professoressa Wernke, la nostra coordinatrice di classe, ma io mi arrischiai comunque a mandare un sms a Tim. Dovevo assolutamente vederlo e parlare con lui al primo intervallo o dopo la scuola, altrimenti sarei morta.

L'ora si trascinò stancamente attorno alla noiosissima lezione di grammatica, e per fortuna non venni mai chiamata alla lavagna. Arrivò la ricreazione e Tim non mi aveva ancora risposto. Ero prossima alle lacrime. Mi stava prendendo in giro? In fondo poteva dirmi quello che voleva, io dovevo solo credergli e avere fiducia in lui, visto che al *Sonnenhof* non potevo farmi vedere.

In un modo o nell'altro, la mattinata giunse alla fine. Alla quinta ora avevamo ginnastica, e fu allora che ebbi un'idea geniale.

Come mi aspettavo, non fu un problema sgattaiolare via dalla palestra durante la lezione e nascondermi nello spogliatoio delle femmine. Anche se dappertutto c'erano cartelli su cui era scritto a caratteri cubitali che gli oggetti di valore dovevano essere chiusi a chiave negli armadietti, non ci badava quasi nessuno e anche Ariane aveva semplicemente lasciato appeso a uno dei ganci lo zaino con i suoi vestiti.

Dalla palestra mi arrivavano voci e grida ovattate, lo scalpiccio delle scarpe da ginnastica e ogni tanto un fischio. Con il cuore in gola, rovistai nello zaino di Ariane e trovai il suo cellulare. Ariane lo aveva protetto con una password, ma per fortuna non aveva molta fantasia: era la sua data di nascita, che conoscevo da tanto tempo, da quando mi invitava ancora alle sue feste di compleanno.

Cliccai sulla galleria delle foto con le mani che tremavano e sussultai nel vedere all'improvviso la faccia sorridente di Tim. In quell'istante fu come se il mondo stesse per finire. Ariane non aveva mentito! Gli occhi mi si riempirono di lacrime. Eccolo lì, il mio ragazzo, seduto allegro fra Laura e Ariane, con l'aria soddisfatta nell'avere le due ragazze che lo baciavano contemporaneamente sulle guance. Singhiozzando, continuai a far scorrere le foto. Ariane ne aveva un mucchio di Tim: nel corridoio della scuderia, in sella a un cavallo, con sua madre, con altra gente. L'idea che Tim mi avesse mentito mi lasciò senza fiato. Mi sentivo paralizzata. "Da noi è uno strazio". Sentii riecheggiare le sue parole. "Ci sono sempre queste ragazze idiote che non mi lasciano in pace".

Io avevo capito che a lui Ariane non piacesse e

quell'idea mi aveva tranquillizzata, ma da quelle foto si sarebbe detto esattamente il contrario. Tim era il gallo nel pollaio e sembrava godersi pienamente le attenzioni di Ariane!

A un tratto sentii un rumore di passi e mi riscossi. Prima che potessi rimettere il cellulare nello zaino di Ariane, sulla porta dello spogliatoio apparve un professore di ginnastica. Mi spaventai talmente che il telefonino mi cadde di mano e finì sul pavimento.

«Non ti senti bene?» mi chiese preoccupato.

Con la faccia gonfia di lacrime avevo davvero un'aria malata. Maledizione! Se qualcuno avesse scoperto che avevo frugato nello zaino di Ariane sarei finita in guai seri, mi avrebbero sicuramente messo una nota sul registro. E Ariane avrebbe capito subito perché lo avevo fatto.

«Ho mal di pancia» ebbi la presenza di spirito di dire. «Volevo chiamare mia madre per farmi venire a prendere, ma non risponde».

Mi chinai sul telefono e inorridita mi resi conto che sul display c'era una crepa. Ci mancava anche questa! Il professore non aveva idea che non fosse il mio, perciò mi affrettai a rimetterlo nello zaino di Ariane e mi rialzai.

«Torno in palestra» sussurrai con la faccia sofferente. «Magari più tardi la trovo».

Mi scrutò con attenzione, poi annuì.

Uscii in corridoio con le gambe che mi tremavano e proseguii pregando che il prof non mi venisse dietro attirando l'attenzione di tutti su di me. Una volta vista la crepa sul telefonino, Ariane avrebbe sicuramente fatto due più due e si sarebbe ricordata che mi ero allontanata. Magari avrebbe addirittura chiamato la polizia! Ariane e quegli idioti dei suoi genitori erano capaci di tutto. Ma perché quello stupido prof era dovuto venire nello spogliatoio? Se non mi avesse spaventata a morte, il telefono non mi sarebbe caduto di mano e non ci sarebbero stati problemi. Adesso mi veniva da piangere non soltanto per via di Tim. Avevo fatto una cosa veramente stupida.

Dopo l'ora di ginnastica corsi dritta alla fermata dell'autobus e di lì a casa. I miei genitori erano così presi dai loro problemi che non si accorsero neppure che ero uscita da scuola un'ora prima del dovuto.

Come facevamo spesso, anche quel giorno pranzammo alla trattoria della nonna, che a mezzogiorno cucinava per il nonno, per noi, per Liam, Stani e Heinrich.

Ancora una volta Christian era fuori di sé dalla rabbia. Sul forum della scuola qualcuno aveva postato un messaggio in cui si diceva che Tim era stato convocato in nazionale con Juke Box. Il cavallo gli era stato messo a disposizione dalla fondazione Hermann Hauser, che promuoveva giovani cavalieri di talento in tutta la Germania. Heinrich e Stani, come al solito, non aprirono bocca e quel giorno Liam era insolitamente silenzioso, perciò mio fratello guidò tutta la conversazione.

Ma le sfuriate di Christian e le repliche ammonitrici di mio padre mi scivolarono addosso. Non mi importava niente se Tim era convocato in nazionale o se il ricco sponsor comprava agli Jungblut un camion nuovo. Il mio mondo si era appena frantumato in mille pezzi. Tim mi aveva mentito! Mi ficcavo il cibo in bocca come un automa senza neppure accorgermi di quello che ingurgitavo. Era troppo orribile! Tim che si faceva baciare e per di più fotografare da Ariane e Laura! Dava lezioni ad Ariane e al telefono non mi aveva detto niente. E, come se non bastasse, non aveva ancora risposto al mio sms.

Dopo pranzo mi trascinai verso casa e mi infilai con Twix nella mia stanza. Mi buttai sul letto fissando il vuoto. Dal nostro ultimo incontro a casa di Lajos, avevo incrociato Tim soltanto a scuola, ma non avevo mai scambiato con lui più di un paio di parole. Mi diceva sempre che aveva troppo da fare. Gli avevo creduto senza il minimo dubbio, ma adesso veniva fuori che aveva tempo a sufficienza per ciondolare alla club house con Ariane, Laura e le altre smorfiose! Il dolore che mi dava quella delusione era talmente enorme che mi raggomitolai su me stessa e scoppiai in singhiozzi.

CAPITOLO 10

Il campanello di casa suonò e poco dopo passi pesanti salirono le scale e sentii bussare alla porta della mia stanza.

«Che cosa vuole da mia figlia?» chiese mio padre.

«Apra questa porta!» tuonò l'altra voce. «Abbiamo un mandato di arresto. Sua figlia ha danneggiato una proprietà altrui».

Oddio! Adesso sarebbe venuto fuori tutto! Non riuscivo a muovermi, non riuscivo neppure a deglutire, me ne stavo nel letto impietrita. La porta si spalancò e la luce si accese accecandomi. Sulla soglia distinsi vagamente le sagome di due poliziotti.

«Elena Weiland?» chiese uno dei due con una voce profonda.

Mi sentivo come un topo in trappola e annuii spaventata. Che cosa volevano da me nel cuore della notte?

«Sei in arresto. Alzati e vestiti».

«Ch... che... che cosa? Ma perché?» balbettai.

«Alzati e vieni con noi!»

Poco dopo sentii scattare le manette attorno ai polsi. I poliziotti mi trascinarono lungo il corridoio, giù per le scale e fino alla porta di casa. Passando scoccai una rapida occhiata a papà e mamma. Avrei voluto chiedere loro aiuto, ma avevano un'aria così incredula e delusa che le parole mi restarono bloccate in gola. Sapevano tutto!

Fuori c'era un'auto di pattuglia con i lampeggianti accesi. E lì accanto – non credevo ai miei occhi – c'erano Ariane e Tim. Tim le cingeva la vita con un braccio e Ariane sfoggiava un sorriso trionfante. Tim rifuggì il mio sguardo, come se si vergognasse di me. Era tremendo!

«Ma come ti sei vestita, pezzente che non sei altro!» esclamò Ariane sprezzante.

Abbassai lo sguardo e mi resi conto di essere scalza e di avere indosso il mio vecchio pigiama sbiadito con i cavallini, di due taglie troppo piccolo. Non la guardai, volevo dire qualcosa a Tim, chiedergli perché mi avesse mentito e si fosse messo con Ariane, ma i poliziotti mi strattonarono bruscamente. L'importante era non mettersi a piangere, non davanti ad Ariane. Mi morsi le labbra e salii in macchina.

Poco dopo eravamo alla stazione di polizia. Dovetti premere le dita su un tampone e poi su un foglio bianco.

«Ma perché lo fate?» pigolai.

«È stata presentata una denuncia nei tuoi confronti» ribatté il poliziotto, dall'aspetto molto somigliante al professore di ginnastica che mi aveva sorpresa nello spogliatoio. «Se troveremo le tue impronte digitali sul cellulare di Ariane, finirai in prigione. E per un bel po'. O preferisci confessare?»

«Che cosa dovrei confessare?» Mi sentivo la gola serrata. Non riuscivo a pensare ad altro che a Tim e ad Ariane. Forse in quel momento stavano ridendo alle mie spalle, erano contenti di essersi sbarazzati di me!

«Che cosa volevi fare con il cellulare di Ariane?» mi chiese il poliziotto.

Tremavo tutta, avevo freddo. Dov'erano papà e mamma? Perché non erano venuti con me? Il poliziotto girò la lampada per illuminarmi direttamente il viso. Ammiccai e sbattei le palpebre. Se adesso avessi confessato di aver voluto vedere le foto di Tim, sarebbero venuti a saperlo tutti: Ariane, Christian, i miei genitori.

«Cocciuta come suo padre!» A un tratto riconobbi Richard Jungblut e per lo spavento sentii un brivido lungo la schiena. Che cosa diavolo ci faceva lui alla stazione di polizia? Mi sorrideva beffardo.

«La prigione non è un bel posto per una ragazzina».

«Non voglio andare in prigione!» gridai. «Non ho fatto niente! Vi prego, non voglio andare in prigione!»

Qualcuno mi prese per le spalle e mi scrollò.

«No!» gridai in preda al panico. «Non voglio! Vi prego, toglietemi le manette!»

«Elena, svegliati!»

La voce di Christian penetrò nel mio inconscio. Finalmente riuscii ad aprire gli occhi. Ero in un bagno di sudore e tremavo tutta per la paura. Mio fratello, chino sul mio letto, mi scrollava per le spalle. Boccheggiai in cerca d'aria e impiegai qualche istante per capire che ero nel mio letto e non alla stazione di polizia seduta di fronte al padre di Tim. Per il sollievo scoppiai in lacrime.

«Ma che cosa stavi sognando?» Christian mi lasciò andare e mi guardò curioso. «Farfugliavi qualcosa a proposito di prigione e manette e ho sentito le tue urla fin dalla mia stanza».

«Non me lo ricordo più» sussurrai vergognosa.

Lui era l'ultimissima persona cui avrei voluto raccontarlo, però ero comunque riconoscente che mi avesse svegliata strappandomi a quell'incubo terribile. Per fortuna non avevo gridato il nome di Tim: sarebbe stato troppo imbarazzante.

«Adesso voglio dormire» gli dissi tirandomi su la coperta.

«Per me fai pure! Però per il resto della notte vedi di tenere la bocca chiusa». Christian sbadigliò e si rialzò. «Manette, che cavolata!»

L'indomani mattina saltai la scuola perché dovevo andare con papà a Viernheim per vedere Fritzi alla sua prima gara di salto di livello medio.

A colazione Christian mi aveva punzecchiato ancora un po' per il mio incubo notturno, ma ormai era uscito. Controllai il cellulare per la centesima volta: da Tim nessuna risposta. La sera prima avevo parlato a lungo al telefono con Melike e le avevo raccontato tutto.

«Qualsiasi cosa succeda, tu non ammettere niente» mi aveva raccomandato. «Sarebbe una catastrofe totale. E non devi chiamare più Tim. Dev'essere lui a farsi vivo».

Melike aveva di sicuro ragione, ma era tutt'altro che facile. La gelosia mi divorava a poco a poco, e poi era sempre in agguato lo spettro del cellulare rovinato di Ariane.

«Elena!» mi chiamò la mamma dal piano di sotto. «Sei pronta?»

«Arrivo tra cinque minuti!» risposi correndo in bagno. Scacciai il pensiero di Ariane e del telefono rotto. Quello era il gran giorno di Fritzi! E questo contava più di ogni altra cosa.

La prima persona che incontrai al concorso fu il padre di Tim. Sostava con Gasparian ai bordi della pista di riscaldamento e, ripensando al mio sogno, mi sentii vacillare le ginocchia. Richard Jungblut però non mi notò: come tutti gli spettatori aveva gli occhi puntati su Fritzi, che si presentava in maniera superlativa.

Lo stallone era davvero fantastico. Il suo mantello scuro splendeva come se fosse di vernice. Liam gli aveva fatto tante treccioline e gli aveva strofinato gli zoccoli, che adesso erano lucidi e senza la minima macchia di terra. Liam stava fra i due ostacoli di riscaldamento e li alzava seguendo le indicazioni di mio padre, perciò non avevo niente da fare.

In tarda mattinata il sole splendeva alto nel cielo terso, ma dentro di me cadeva una fredda pioggerellina e davanti ai miei occhi scorrevano continuamente le foto che avevo visto sul cellulare di Ariane. Tim e Ariane, Tim e Laura, Tim, Tim, Tim. Ma perché mi faceva questo?

Tutto era come sempre ai concorsi: i cavalli con i loro cavalieri, gli aiutanti che portavano i cavalli dal parcheggio alla pista di riscaldamento, gli annunci all'altoparlante che riecheggiavano nell'arena, il trattore che prima dell'inizio della gara spianava il fondo sabbioso della pista. Sì, era tutto come sempre, eppure era completamente diverso. Io e Tim non saremmo mai stati insieme a un concorso.

«Quanti ce ne sono ancora?» La mamma si avvicinò alla recinzione; portava sul braccio la giacca di papà, che l'avrebbe indossata solo poco prima della partenza.

«Non lo so». Non mi ero neppure resa conto che la gara fosse già iniziata.

«Dimmi, topolino, che cosa ti prende?» mi chiese la mamma con uno dei suoi acutissimi sguardi a raggi X. «Hai problemi a scuola?»

«No» risposi laconica. «Non mi sento tanto bene».

Prima che potesse farmi altre domande scomode, papà ci raggiunse per farsi passare la giacca.

«Fritzi è di buon umore» mi disse con una strizzatina d'occhio. «Incrocia le dita».

«Certo». Mi sforzai di sorridere e feci una carezza sul collo del mio cavallo.

E poi per papà fu il momento di entrare nel percorso. Cercammo un posto da cui avere una buona visuale sulla pista e la mamma tirò fuori la telecamera per filmare la prima grande esibizione di Fritzi.

«In partenza il numero 114, Fritz Power, uno stallone Hannover di cinque anni figlio di For Pleasure e di madre della linea Grannus» annunciò l'altoparlante. «In sella Michael Weiland, del circolo Amselhof di Steinau».

Suonò la campana che dava il via libera alla partenza. Papà spronò Fritzi al galoppo. E allora per 68 secondi scordai Tim, Ariane, il suo cellulare e il mio incubo, perché Fritzi saltava come un cavallo di un altro pianeta. Volò sciolto e senza sforzo sopra i grandi oxer e gli alti ostacoli verticali, non si lasciò irritare dai fossi azzurri e affrontò i cambi con naturalezza. A ogni salto fra lo scarso pubblico del venerdì mattina, composto prevalentemente da altri cavalieri, proprietari di cavalli e intenditori, correva un sospiro di apprezzamento che mi scaldava il cuore. Il mio Fritzi! Tanto tempo prima papà lo aveva dato per perso, ma io avevo creduto in quel puledro così gravemente ferito e lo avevo guarito. E adesso finalmente il trionfo! Concluse il percorso senza errori.

«Il cavallo numero 114 ottiene un punteggio di tutto rispetto: 9,0 senza penalità!» si udì riecheggiare nell'arena.

La mamma mi abbracciò raggiante. E quando papà uscì dal percorso al passo con le briglie lunghe, anche lui sorrideva. Liam aspettava con Qantas, che mio padre doveva cavalcare subito dopo.

«Elena!» mi chiamò papà smontando. «Fallo andare ancora un po' al passo».

Corsi da Fritzi, me lo coccolai abbracciandolo e gli diedi una meritatissima zolletta di zucchero. Papà mi strinse il ginocchio e mi issò in sella.

«E allora?» volle sapere. «La proprietaria è soddisfatta del suo fantino?»

«Oh, eccome!» risi. «Sei stato fantastico!»

Cavalcai Fritzi al passo su e giù per la pista di riscaldamento finché anche l'ultimo dei cinquantadue concorrenti non ebbe concluso il percorso. Nessuno si avvicinò neppure lontanamente al buon risultato di Fritzi, che quindi vinse la sua prima gara. Anche Qantas e Lancelot ottennero buoni piazzamenti, e mio padre era di ottimo umore.

Nel pomeriggio non avevo ancora ricevuto una risposta da Tim e la mia felicità per la straordinaria vittoria di Fritzi si era dissolta. Avevo legato Quintano nel corridoio della scuderia per intrecciargli la criniera. Melike mi porgeva gli elastici.

«Adesso tocca a lui farsi vivo» mi disse dopo che le avevo chiesto per la millesima volta che cosa dovessi fare. «Tienilo sulla corda».

«E se non stesse sulla corda per niente? Magari a lui sta benissimo che io non mi faccia viva». Lasciai cadere le braccia. «Avresti dovuto vedere quelle foto, Melike! Proprio con quella stupida di Ariane! E io non posso farci un bel niente!»

Ero prossima alla disperazione. La cosa peggiore di tutte era la mia impotenza.

Per passare il tempo fino all'ora di cena e non pensare troppo a Tim e Ariane, feci le trecce a qualche altro cavallo che il giorno dopo doveva partecipare al concorso con noi, quindi pulii i finimenti e i miei stivali, ma a un certo punto non c'era più nulla da fare e Melike doveva tornare a casa.

Stavo proprio uscendo dalla scuderia quando nello

spiazzo svoltò una limousine color argento con un rimorchio per cavalli che si fermò nel parcheggio. Sentii un nitrito e rumore di zoccoli. Negli ultimi tempi avevamo visto solo gente che i cavalli se li portava via, nessuno che arrivasse, perciò era strano. La guidatrice della limousine scese, si tolse gli occhiali da sole e si guardò intorno. Era snella, vestita in modo elegante e aveva i capelli rossi.

«Ciao!» mi gridò, e io non mi mossi. «Mi sai dire dove posso trovare il dottor Kertészy?»

«Sì, certo, glielo vado a chiamare».

«Oh, grazie. Se potesse aiutarci a scaricare sarebbe il massimo».

Annuii senza dire niente. C'era gente che possedeva dei cavalli e non era capace di farli scendere dal rimorchio. Incredibile! Però era una cosa che all'*Amselhof* avevo già visto spesso.

La donna mi sorrise e si guardò attorno. «Ma questo è un vero paradiso! E c'è una tranquillità incredibile! I nostri cavalli stanno a Dietzenbach e là ci passano di continuo gli aerei sulla testa».

Cambiai immediatamente opinione sulla donna, anche se non era capace di scaricare da sola i suoi cavalli. Negli ultimi tempi mi era capitato troppo di rado di sentire complimenti per l'*Amselhof*. E oltretutto era vero, in quella stagione era proprio bello: fiori, cespugli e le prime rose rampicanti sul maneggio coperto e sui muri della trattoria erano un'esplosione di colori; i meli e i ciliegi nell'orto della nonna si erano trasformati per qualche giorno in morbide nuvole bianche e rosa e prati e paddock splendevano di un bel verde intenso.

La portiera dal lato del passeggero si aprì e dall'auto scese una sosia della donna, ma di qualche anno più giovane. Stessa pettinatura, stessa carnagione chiara con una massa di lentiggini. Pantaloni da amazzone beige, stivali da dressage, occhiali da sole di marca, unghie finte, lucidalabbra. Christian avrebbe perso la testa. Corrispondeva alla perfezione al suo ideale di bellezza.

«Ciao, io sono Elena Weiland» dissi alla ragazza.

«E io sono Ilona Adelmann. Oh, qui è davvero bellissimo. Sembra di essere in un libro di Astrid Lindgren». Si guardò attorno, poi mi studiò curiosa. «Vai a cavallo anche tu?» mi chiese.

«Certo!»

Lajos uscì dalla scuderia e salutò madre e figlia.

«Siamo un po' in ritardo» si scusò la signora Adelmann. «Però Wolkentänzer non voleva salire sul rimorchio. Da quando è caduto nel camion ogni volta è un dramma».

«Nessun problema. Magari porti la macchina laggiù, verso la mia scuderia, così possiamo scaricarlo sul fondo sabbioso».

«Oh, non sono tanto brava ad andare in retromarcia con il rimorchio!» ammise la donna con una risata.

«Allora, se permette, lo faccio io» rispose galante Lajos.

Sentendolo parlare in quel modo stavo per scoppiare a ridere, però la donna non ci trovò niente di strano.

«Mi aiuti, Elena?» mi chiese poi Lajos.

Mi incamminai verso l'altro lato dell'*Amselhof*. La scuderia in cui venivano ricoverati i pazienti di Lajos si trovava sul lato posteriore del maneggio coperto.

Poco dopo capii perché la signora Adelmann avesse bisogno di aiuto per far scendere i suoi cavalli: uno degli animali se ne stava nel rimorchio perfettamente immobile, ma l'altro si dimenava come un cavallo selvaggio. Raspava con gli zoccoli, si gettava contro la parete e nitriva fortissimo.

«Prima non era un problema, ma da quell'incidente...» La mamma di Ilona scosse mestamente il capo.

«Soffre di claustrofobia, ha paura degli spazi chiusi» constatò Lajos, e poi rifletté per qualche istante.

«Salgo sul rimorchio e lo slego» proposi.

«No, assolutamente no» ribatté. «Per piacere, vai a chiamare Liam».

Corsi via. Liam non era nella scuderia e neppure nello spiazzo. Lo cercai per un po' e finalmente lo trovai nella selleria. Era seduto sullo sgabello vicino al muro e dormiva della grossa, anzi, russava addirittura un pochino. Subito mi venne da sorridere. Di recente papà aveva detto alla mamma che non conosceva nessuno capace di addormentarsi di botto e in qualsiasi posto come Liam O'Brien. Dipendeva sicuramente dal fatto che tutte le sere stava fuori fino a notte fonda. Anzi, un paio di volte lo avevo visto rientrare al mattino mentre andavo in bici a prendere l'autobus.

Ricordando il mio incarico, battei le mani. Liam sussultò e si svegliò di colpo.

«Oh, stavo solo pensando a una cosa» mi disse con un sorriso colpevole.

«Certo, e intanto russavi» ribattei io.

Gli spiegai perché lo stessi cercando e lui venne subito con me. Insieme con Lajos scaricò il cavallo impetuoso. Improvvisamente Wolkentänzer si mosse e fece cadere il portello del rimorchio trascinandosi dietro Liam.

«Accidenti!» gridò lui, e perse la longhina, che cadde a terra.

Io ero a qualche metro di distanza, vicino alla signora Adelmann e a Ilona, e Wolkentänzer veniva dritto verso di noi.

«Attenzione!» urlò la signora, ma io afferrai rapidamente la fune. Il cavallo trascinò anche me per qualche metro, e lo scrollone mi fece volare il cellulare dalla tasca della giacca. Poi il cavallo si fermò di colpo e si guardò attorno con le froge gonfie.

«Sta' buono» gli dissi piano. «Va tutto bene, oh, oh!»

Mi chinai per prendere il cellulare e in quel momento arrivò Robbie da dietro l'angolo. Il rumore, gli strepiti e le voci sconosciute lo avevano svegliato. Al vederlo, il cavallo fece uno scarto spaventato da un lato. Ci fu uno scricchiolio orrendo e il mio cellulare esalò l'ultimo respiro sotto seicento chili di cavallo.

«Oh, mi dispiace tanto!» esclamò la signora Adelmann imbarazzata.

«Niente di grave» borbottai a denti stretti.

Niente di grave?! Era una vera catastrofe! Ma perché

non avevo chiuso la lampo della tasca prima di mettermi a fare l'eroina? Liam riprese il sauro e io raccolsi i resti del cellulare augurandomi che si fosse salvata almeno la SIM. Ficcai tutto in tasca e andai alla scuderia a capo chino. Nell'area grooming incrociai Christian.

«Quelli che sono appena arrivati sono cavalli per Lajos?»

«Sì» risposi laconica, e proseguii.

Qualche volta andava tutto storto e basta. Speravo che il giorno dopo la mia sfortuna finisse, perché avrei partecipato per la prima volta a una gara con Quintano. E avrei anche rivisto Tim.

Prima di Tim, però, incrociai Ariane e suo padre, che insieme al cavallo le aveva regalato un completo nuovo: pantaloni bianchi, stivali di cuoio marroni e una giacca in tinta con colletto di velluto scuro e cap pure abbinato. In quella tenuta da Barbie Amazzone mi passò davanti tutta tronfia guardandomi altezzosa dall'alto in basso.

Suo padre non mi degnò neppure di un'occhiata. Dopo che ero marciata con impudenza nel suo ufficio per farmi sganciare i settemila euro che doveva a mio padre, e il tutto davanti al papà di Tim, per lui avevo smesso di esistere.

Avevo quasi avuto paura che Ariane si avventasse su di me e mi facesse una scenata aizzandomi contro la polizia o quanto meno suo padre, invece non successe niente. Tirai un sospiro di sollievo e il fatto che prima, al banco delle iscrizioni, Melike avesse visto il nome di

Ariane con Con Amore non mi turbò minimamente. Per me poteva anche cavalcare Shutterfly o Küchengirl ed essere allenata da Marcus Ehning in persona, la cosa importante era che non mi sospettasse di averle rovinato il telefonino.

«Ecco Tim!» sussurrò Melike a un tratto prendendomi per un braccio.

Dal nostro arrivo al concorso ero tesissima, e quando lo vidi venirmi incontro nello spiazzo, per la paura il mio cuore mancò un paio di colpi.

«Vado a controllare il percorso» le dissi in fretta, girai sui tacchi e scavalcai il recinto dell'arena.

Con ogni probabilità non sarei riuscita a evitarlo per tutto il giorno, perché anche se quello era un concorso importante e solo alla gara di livello più facile partecipavano oltre ottanta cavalli, ci si incrociava per forza. Dovetti sforzarmi per ascoltare mio padre, che dava consigli a me e a Christian sulle scorciatoie che permettevano di risparmiare tempo.

A un tratto il viso di mio fratello si oscurò.

«Ecco quell'idiota di Jungblut» ringhiò.

Tenni lo sguardo fisso sull'ostacolo numero 5A. Quella notte non avevo quasi chiuso occhio. Forse nel frattempo Tim mi aveva risposto, ma ora che ero senza telefono non avrei potuto leggere il suo sms. Oh, quanto sarebbe stato più facile se mi fossi innamorata di un altro ragazzo e non proprio di Tim Jungblut!

Prima dell'inizio della gara mi tenni sempre nelle vicinanze di Christian e di mio padre: ero sicura che in quel modo Tim non mi avrebbe parlato.

Christian con Grandino era l'ottavo in partenza e fece un buon tempo, ma proprio all'ultimo salto incorse in una penalità.

«Tim mi ha mandato un sms» mi disse piano Melike. «Vuole sapere perché non lo guardi. Devo rispondergli?»

Eravamo sull'altro lato dell'ampio spiazzo. Da lì si aveva un'ottima visuale e nessuno poteva avvicinarsi senza che lo notassimo.

«No». Scossi vigorosamente il capo.

«Sicura?» mi chiese la mia amica.

«Sicura al mille per cento» risposi. «Non ho la minima voglia di continuare a farmi prendere in giro».

Quello era il solo modo per arrivare in fondo alla giornata senza mettermi a piangere.

«La prossima è Ariane» mi informò Melike con un cenno del capo in direzione della pista di riscaldamento. «Speriamo che voli nel fosso».

«Non sono così fortunata» ribattei tetra, e vedendo Tim avvicinarsi al cavallo di Ariane e scambiare rapidamente qualche parola con lei, sentii un groppo in gola. Probabilmente le stava dando gli stessi consigli che papà aveva dato a me e a Christian, e già la sola idea era una coltellata. Con mio grande rammarico, assieme a Con Amore Ariane se la cavò davvero bene e concluse la gara in testa con una prestazione priva di errori. Si diede un mucchio di arie sorridendo alla telecamera con cui quella fanatica della madre aveva ripreso la sua gara. Le augurai la peste, il vaiolo e tre anni di diarrea.

Io e Melike ci incamminammo verso il camion per sellare Quintano. Purtroppo Ariane stava facendo la stessa strada, e Tim era al suo fianco. Poi vidi venirci incontro Liam.

«Scusa, ma questa è un'emergenza!» dissi a Melike.

Sorrisi a Liam e gli sussurrai: «Non potresti abbracciarmi un attimo?».

Lui mi guardò un po' sorpreso, poi però mi sorrise e fece come gli avevo chiesto. Gli gettai le braccia al collo e risi come se avesse detto qualcosa di buffissimo.

«A che cosa devo questo onore?» mi chiese Liam divertito.

«Te lo spiego dopo» sussurrai. Con la coda dell'occhio vidi lo sguardo stupito di Ariane, Tim invece non riuscii a vederlo.

«Adesso puoi lasciarmi andare» dissi a Liam quando furono spariti tutti e due.

«Peccato!» e si sciolse dal mio abbraccio. «Se dovesse servirti ancora aiuto, sempre a tua disposizione». Poi mi strizzò l'occhio e scosse la testa allontanandosi in direzione dell'arena di gara.

Il cuore mi batteva all'impazzata e mi sentivo uno straccio.

«Credi che Tim lo abbia visto?» chiesi infelice a Melike.

«Certo che sì» rispose lei. «Gli sono quasi schizzati gli occhi fuori dalle orbite. Anche se sono un po' gelosa di Liam, forse hai fatto la cosa giusta».

Io non ne ero così sicura, ma ormai era troppo tardi per tornare indietro.

Ero così confusa che non riuscivo a concentrarmi. Quando fu il mio turno, Ariane era ancora in testa e l'unica cosa cui riuscivo a pensare era quante arie insopportabili si sarebbe data nei giorni e nelle settimane a venire se quel giorno avesse davvero vinto lei.

Dimenticai i consigli di mio padre di affrontare i primi salti con Quintano con archi ampi e di cavalcare senza correre rischi. Dimenticai che all'ultima gara ufficiale avevo dimenticato il percorso. Non pensai ad altro che a essere più veloce di Ariane. Quintano sembrava sapere che cosa doveva fare, lo sentii quando entrai al trotto. Rizzò attento le orecchie saltellando eccitato.

«Ehi, adesso vedi di non piantarmi in asso!» gli dissi dopo avere salutato i giudici.

Fu pazzesco, e solo in quel momento mi resi conto di quali virtù celasse quel castrone. Era un saltatore esperto, che reagiva all'istante a ogni mia indicazione, e già dopo il salto numero tre seppi di potermi fidare di lui. Fra l'ostacolo tre e il quattro, mentre ancora giravamo prima del bosso, prendemmo la curva strettissima. Quintano saltò l'oxer di traverso risparmiando almeno due falcate. Combinazione, brook, verticale: nessun problema. Eravamo veloci, ma avevo l'animale sotto controllo. Davanti a noi c'era ancora l'ultimo oxer e capii da lontano che mi bastava semplicemente lasciarlo correre e lo avrebbe saltato alla perfezione. In quel punto Ariane aveva dovuto tirare di nuovo le redini, ma io lasciai galoppare il mio cavallo e volammo oltre l'oxer e oltre il traguardo.

«Una cavalcata senza errori con un tempo di 43,7 secondi» annunciò l'altoparlante. «E così il numero di partenza 427 ora sale in testa alla classifica provvisoria».

Diedi una pacca soddisfatta sul collo di Quintano e uscimmo dal percorso al trotto. Papà mi aspettava nella pista di riscaldamento.

«Sei stata brava. Non hai fatto come ti avevo detto, ma è andata bene».

«Papà, è stato fantastico!» esclamai senza fiato. «Sull'ultimo oxer ho visto da lontano che sarebbe andata alla perfezione! Pazzesco!»

Continuai a carezzare Quintano e così non notai l'occhiata che si scambiavano papà e mamma. Allentai il sottopancia e girai al passo per la pista di riscaldamento.

«Wow, è stato fortissimo!» esclamò Melike raggiante. «Hai dato ad Ariane sei secondi! Sta ribollendo di rabbia!»

Proprio quello che volevo! Nessuno dei concorrenti che partirono dopo di me riuscì a fare il tempo di Quintano, neppure Christian, anche se da Ronalda aveva tirato fuori il massimo. Alla premiazione il giudice mise il nastro d'oro al filetto di Quintano; mio fratello arrivò secondo e Ariane dovette accontentarsi del nastro di bronzo.

Che trionfo! D'un tratto il sole era tornato a splendere e per qualche istante fui solo e semplicemente felice.

Ma poi, tornando a casa, fui riassalita dal ricordo

del mio incubo. Non riuscivo a togliermi dalla testa la vista di Tim con il braccio attorno alle spalle di Ariane. Mi turbava che ci fosse una foto di loro insieme e nessuna di noi due.

CAPITOLO 11

Il sabato mattina Fritzi saltò superbamente come già aveva fatto il giorno prima in una gara che gli garantì la qualificazione al campionato nazionale di settembre. Questa volta i giudici gli assegnarono addirittura un 9,2.

Mentre lo facevo girare al passo in attesa della premiazione, vidi il signor Gasparian parlare con mio padre. Come al solito era accompagnato dal suo compare, che gli faceva da interprete. Notai che papà sorrideva e scuoteva più volte la testa e immaginai di che cosa stessero parlando.

«Se lo può scordare, quell'impiccione» dissi piano a Fritzi. «Ci mancherebbe anche che adesso ti comprasse e ti facesse cavalcare a quello schifoso di Richard Jungblut».

Il giovane stallone sbuffò come se avesse capito. Ma non era solo lo sponsor del padre di Tim ad ammirare Fritzi, anche molti altri spettatori e cavalieri lo guardavano con curiosità, perché un 9,2 era un voto straordinario che non veniva assegnato spesso, e di questo ero molto orgogliosa. Avevo sempre saputo che Fritzi era speciale.

A mezzogiorno pranzammo insieme. Ci aveva raggiunto anche la mamma, che aveva portato con sé il nonno e perfino Lajos, che volevano vedermi nella mia prima gara di livello medio. Melike sedeva sulla panca fra Lajos e Liam con le guance paonazze e faceva gli occhi languidi ora a uno ora all'altro.

«Gasparian mi ha fatto un'offerta per Fritzi. Ho rifiutato, ma forse dovresti pensarci su, Elena» mi disse papà ammiccando. «Era un'offerta molto generosa».

«Mai e poi mai!» risposi a bocca piena. «E poi il signor Nötzli ha il diritto di prelazione».

«Sì, gliel'ho detto» annuì papà.

«Qui tutti non parlano d'altro che dello sponsor degli Jungblut, sono stufo» intervenne Christian.

«E allora non starli a sentire» tagliò corto nostro padre.

Christian sbuffò stizzito. Sapevo benissimo a che cosa stava pensando. Andando dal parcheggio al recinto di gara doveva passare perlomeno venti volte al giorno di fianco al mostro metallizzato con cabina di lusso e posto per dieci cavalli: "Richard & Tim Jungblut Showjumping" c'era scritto a caratteri cubitali su tutti i lati, e questo gli rodeva parecchio. Rischiava di scoppiare dall'invidia.

«Hanno almeno sette cavalli nuovi» brontolò mio fratello. «E io invece è da tre anni che gareggio sempre con gli stessi vecchi ronzini».

«Se continui a lamentarti, non dovrai più cavalcare nessun ronzino perché ti lascio a casa» ribatté secco nostro padre.

La faccia di Christian fu sfigurata dalla rabbia. Balzò in piedi lasciando il piatto a metà e se ne andò. Mio padre fece per seguirlo, ma la mamma lo fermò.

«Lascialo stare, vedrai che gli passa» disse piano.

Ma io non ne ero convinta. Christian lo avrebbe accettato da chiunque altro, ma che proprio Tim Jungblut si fosse visto piovere addosso cavalli nuovi, un camion e quant'altro gli toglieva il lume della ragione.

La gara del livello medio si avvicinava. In quanto vincitrice della prima batteria, quel giorno sarei partita per ultima, perciò avevo ancora un bel po' di tempo. Ispezionai il percorso con Christian e papà e poi, visto che si era fatto un caldo infernale, andai a cercare un posticino all'ombra con Melike, la mamma e Lajos. Anche Tim era solo uno spettatore: visti il suo livello e i suoi successi, non poteva prendere parte a quella gara.

«Erano secoli che non venivo più a un concorso» disse Lajos all'improvviso, e mi tornò in mente che un tempo era stato un cavaliere piuttosto in gamba, insieme con papà e il padre di Tim. Allora erano stati grandi amici. Lajos seguiva i cavalieri con gli occhi che gli brillavano. Sembrava divertirsi mentre richiamava alla memoria momenti felici.

«Te lo ricordi quel cavallo che Ludwig aveva scovato chissà dove e scambiato con due pony?» chiese alla mamma.

«Ma certo!» rise lei. «Era un vero brocco, con una testa enorme e zoccoli come mine anticarro. Non voleva cavalcarlo nessuno!»

«A parte me» sorrise Lajos. «A me piaceva».

«Calico!» rammentò la mamma. «Con lui devi avere vinto almeno cento gare!»

«No, cento è un'esagerazione, però sono state parecchie...»

La mamma e Lajos parlarono dei vecchi tempi, poi arrivò anche il nonno e si unì ai ricordi di concorsi e cavalli. Un solo nome non fu pronunciato neppure una volta, quello di Richard Jungblut. Mi piaceva sentire la mamma raccontare di quando era giovane, l'avrei ascoltata ancora a lungo.

«Ecco Christian!» disse Melike.

Tutti tacquero con gli occhi fissi sul percorso. Christian, con la faccia contratta dalla rabbia, spronò subito Grandino. Cavalcava troppo veloce e senza la minima attenzione. All'oxer numero quattro Grandino saltò due lunghezze troppo presto e atterrò in mezzo alle sbarre. Ci fu uno schianto di legno spezzato e suonò la campana. Prima di poter riprendere la gara, Christian dovette aspettare che l'ostacolo venisse risistemato, ma invece di rallentare il ritmo, riprese a una velocità pazzesca.

Grandino era una vecchia volpe e troppo esperto per permettere al suo cavaliere di farlo piantare una seconda volta in mezzo a un ostacolo. Davanti alla triplice si fermò perché di nuovo non ce l'avrebbe fatta. Christian diede furiosamente mano al frustino e colpì Grandino un paio di volte, quindi lo spronò con gli speroni e gli tirò con violenza il morso. Sentii un fischio acuto: era il segnale di mio padre a Christian di interrompere subito e abbandonare il percorso. Christian obbedì, anche se controvoglia. Alzò la mano per indicare il ritiro e uscì con il viso paonazzo. Però non si fermò da papà per ascoltare la meritatissima ramanzina, e filò dritto al galoppo verso il parcheggio. Papà gli marciò dietro con una faccia che non prometteva niente di buono.

«Il cavaliere è pregato di presentarsi alla torre dei giudici!» riecheggiò l'altoparlante nell'arena di gara.

Guai in vista: un atteggiamento non cavalleresco come quello esibito da mio fratello comportava una punizione, come minimo un ammonimento. Non avrei voluto essere nei panni di Christian!

Purtroppo dovevo ancora preparare il mio cavallo, perciò non mi rimase altro da fare che seguirli. Sentii la voce di mio padre già da lontano. Liam guidava Grandino fra i camion. Il castrone baio ansimava, aveva il collo coperto di schiuma bianca e sanguinava dalla pancia, dove gli speroni di Christian lo avevano ferito.

«... è inaccettabile!» urlava furioso papà. «Guarda un po' il tuo cavallo! Come hai potuto fare una cosa del genere?»

«Volevo vincere!» ribatté Christian. «Quando sono in gara, voglio sempre vincere!»

«Non è così che si vince una gara» rispose papà abbassando leggermente la voce. «Non con la violenza e non con la rabbia, ormai dovresti averlo capito».

«Quello stupido brocco avrebbe potuto saltare!» Christian non faceva che peggiorare le cose. Se fosse stato furbo, a quel punto avrebbe chiuso il becco e basta, ma era troppo arrabbiato per pensare.

«Al cavallo non si può rimproverare niente» disse papà. «Hai cavalcato male e in maniera avventata e hai piantato Grandino in mezzo all'oxer!»

Christian sferrò un calcio a una gomma del camion. La sua rabbia folle cercava uno sfogo.

«Di sicuro d'ora in avanti non ti permetterò di prendertela con i miei cavalli, caro mio, questo te lo posso garantire!» sentii dire papà. «Fino a che non saprai contenerti, non parteciperai più a nessun concorso! Fine della discussione!»

Christian si strappò il cap di dosso e lo scagliò nel camion, e i cavalli legati all'interno saltarono spaventati facendo ondeggiare tutto il mezzo.

«Sono stufo marcio dei cavalli!» tuonò furioso. Poi purtroppo il suo sguardo si posò su di me. «Fai pure cavalcare la tua stupida principessina, io non ne posso più!»

Passando mi diede un tale spintone sulla spalla che caddi per terra. Papà gli fu addosso in due passi. Non lo avevo mai visto così arrabbiato. Sapevo che io non c'entravo niente, ma che dipendeva solo da come Christian aveva trattato il suo cavallo, perché per papà era una cosa inaccettabile. Prese mio fratello per un braccio e alzò la mano per rifilargli un ceffone, ma all'ultimo momento si trattenne.

«Sparisci!» gli ringhiò invece. «Non ti voglio più vedere qui!»

Poi lo lasciò andare e tornò al camion. Mi aiutò

a sellare Quintano ma non fece parola dell'accaduto. Liam intanto aveva tolto la sella a Grandino e lo aveva lavato e adesso lo lasciava mangiare un po' mentre gli si asciugava il mantello. Io andai verso la pista di riscaldamento, dove si stava dirigendo anche Ariane. Sarebbe partita subito prima di me, perché papà avrebbe ritirato Christian con Ronalda. Questa volta non era Tim a dare consigli ad Ariane, bensì Richard Jungblut in persona. Stava vicino ai salti accanto a mio padre, ma i due acerrimi rivali, un tempo amici per la pelle, si ignorarono proprio come me e Ariane.

Nella pista di riscaldamento regnava un'atmosfera tesa, che però Quintano non avvertì. Era fresco e un po' eccitato, sgroppava addirittura un pochino. Avevo un buon presentimento. Venne chiamata Ariane, che andò alla partenza. Il padre di Tim le si avvicinò, le disse qualcosa e lei annuì ripetutamente.

«Per Con Amore è un gioco da ragazzi» dissi a mio padre.

«Anche per Quintano» rispose lui tranquillo. «Non preoccuparti, cavalca semplicemente come hai fatto ieri».

Ariane cavalcò sicura e concentrata, dovevo ammetterlo. Stava facendo un buon tempo, ma quando si avvicinò all'ultimo ostacolo, tirò un po' troppo le redini, Con Amore arrivò troppo vicino al salto e toccò l'elemento più alto con gli zoccoli davanti. La barriera cadde sulla sabbia portandosi dietro quattro punti di penalità.

Entrai in pista passando davanti ad Ariane. E come

sempre quando avevo gareggiato nelle categorie principianti ed esordienti con Sirius, attorno a me scomparve ogni cosa: c'eravamo solo il mio cavallo, gli ostacoli e io. Salutai i giudici, tirai le redini e al suono della campana spronai Quintano al galoppo. Eccola di nuovo, quella sensazione straordinaria, quella felicità di essere un tutt'uno con un cavallo unico! Avvertii la forza nascosta di Quintano, la sua energia, la sua volontà, ma anche la sua gioia come un'eco delle mie. Il suo vecchio proprietario per orgoglio aveva preteso da lui troppo e troppo presto, ma adesso lui era pronto. Saltava per me perché si divertiva ed era come se mi parlasse telepaticamente.

"Ti diverti?"

"Sì!"

"Dammi ancora un po' di briglia!"

"Così?"

"Sì, così. E adesso sta' attenta, passo a sinistra!"

"Oh, wow! Sei stato davvero fantastico!"

"Aspetta, aspetta... adesso lasciami respirare!"

Ci avvicinavamo alla triplice: Quintano reagì al brevissimo istante in cui mi appoggiai sulla sella, accorciò l'ultima falcata e con un balzo possente veleggiò oltre l'imponente ostacolo. Avevo già guardato a destra, dove c'era l'ostacolo successivo, e lui avvertì la direzione da prendere. Era grandioso! Superammo senza difficoltà l'ultimo verticale, che aveva provocato tanti problemi agli altri concorrenti, e concludemmo con il tempo migliore.

«Grazie, Quinty» gli dissi carezzandogli il collo. «Sei stato fantastico!»

Ero sopraffatta dalla gioia. La mia prima gara di livello medio, e già una vittoria! Quintano si era battuto per me e aveva vinto, ma avevo capito che lo aveva fatto solo perché anche lui si divertiva. Nessuno poteva costringerlo.

Papà mi aspettava raggiante all'ingresso, e accanto a lui Melike saltellava entusiasta. La mamma mi urlava complimenti e il nonno e Lajos alzavano il pollice. Fra gli spettatori c'era anche il commissario regionale della squadra juniores: anche lui si congratulò con me.

«È stata una gara splendida, Elena» mi disse. «Se non sapessi che questa era la prima per te con questo cavallo nel livello medio, non ci crederei».

«È stata la mia prima in assoluto in questo livello» lo corressi sorridendo e ancora un po' senza fiato. E poi mi avviai con Quintano alla premiazione.

Christian sembrava essere stato inghiottito da una voragine. Al concorso nessuno lo aveva visto, non rispondeva al cellulare e la mamma cominciava a preoccuparsi.

Si decise che la mamma, Melike, Lajos, io e i cavalli che avevano già gareggiato saremmo andati a casa con il camion piccolo che prima aveva guidato Liam. Il nonno avrebbe preso la macchina della mamma e papà sarebbe venuto con Liam dopo la gara di livello difficile con il camion grande. Dovemmo procedere a un ulteriore piccolo trasferimento per sistemare ogni cavallo nel camion giusto e poi partimmo.

La mamma guidava, Melike chiacchierava con Lajos della mia gara e io pensavo a Quintano. Che cos'era successo? Avevo capacità telepatiche oppure mi ero solo immaginata tutto? Io e il cavallo ci eravamo parlati in un qualche modo strano. Una cosa del genere non mi era mai successa neppure con Sirius o Fritzi, con loro le conversazioni erano più a senso unico.

Arrivati all'*Amselhof*, la mamma entrò subito in casa a controllare se Christian fosse lì, mentre io, Melike e Lajos scaricammo Fritzi, Quintano, Grandino, Lancelot, Qantas e Circle of Life. Continuavo a scoccare occhiate a Quintano, ma il baio con la piccola stella bianca rimase muto. Quando gli spruzzai le zampe, mi sfregò la testa contro la spalla, come fanno i cavalli, e anche per il resto si comportò in maniera del tutto normale. Cominciavo a pensare di avere qualche rotella fuori posto.

«Credo che Grandino abbia una zampa gonfia» disse Melike, che aspettava davanti al doccino con il cavallo di mio fratello.

Era vero! L'anteriore sinistro era proprio gonfio. Corremmo a cercare Lajos, che arrivò subito, si accucciò vicino al cavallo nel corridoio della scuderia e gli tastò la zampa. Grandino sussultò.

«Si è ferito al tendine» annunciò indicando il rigonfiamento che si stava già formando tra l'articolazione del piede anteriore e quella del pastorale. Di solito quel tendine era diritto e saldo come una corda tesa.

«Meno male che lo hai notato, Melike» disse Lajos rialzandosi. «Finché le ferite come queste sono fresche, si possono ancora curare bene. Gli preparerò un impacco freddo. Magari potresti rinfrescargli un po' la zampa con l'acqua per qualche minuto».

«Papà andrà su tutte le furie» osservai. «Dev'essere successo di sicuro quando Christian ha piantato Grandino nell'oxer».

«È possibile» annuì Lajos con la fronte aggrottata. «È una brutta faccenda».

Una ferita a un tendine è sempre una cosa seria, lo sapevo, spesso mette fine alla carriera di un saltatore. Dato che Melike doveva ancora far lavorare il suo cavallo alla corda, di Grandino mi occupai io e gli spruzzai acqua fredda sulla zampa ferita. Sembrava che al castrone facesse bene, perché stava rilassato con le orecchie e il labbro inferiore abbassati.

«Che cosa stai facendo, Elena?» mi chiese la mamma entrando nella scuderia.

Glielo spiegai e lei sospirò mestamente.

«Ci mancava anche questa» disse carezzando il muso del cavallo. «Poverino, non se lo meritava».

«Christian è in casa?» le chiesi.

«Sì. Si è chiuso in camera sua e non vuole dire com'è tornato» rispose la mamma.

Lajos svoltò l'angolo: nella mano teneva un impacco freddo che aveva preso in frigorifero.

«Per il momento può bastare così» mi disse. «Asciugagli la zampa».

Portai Grandino in corridoio, lo legai e andai a prendere un asciugamano vecchio in selleria. Dopo avergli sfregato con cura la zampa per asciugarla, Lajos gli applicò l'impacco e ci avvolse intorno una fascia da scuderia. La mamma era tornata in casa e Melike faceva lavorare alla corda Dicky, che in realtà si chiamava

Jasper e apparteneva a sua madre. Lajos e io eravamo soli nella scuderia.

«Che cosa ti prende, Elena?» mi chiese Lajos con noncuranza. «Mi sembri piuttosto giù per una che ha appena vinto la sua prima gara di livello medio».

Lo guardai e riflettei se raccontargli della mia strana esperienza oppure no. Chissà cosa avrebbe pensato, forse che ero suonata. Ma d'altro canto, non c'era nessun altro a parte lui con cui parlare di una cosa del genere.

«Prima, durante il percorso» cominciai esitante «Quintano mi ha parlato. Lo so che è strano, però ho sentito la sua voce nella mia testa in modo chiaro e netto. Abbiamo davvero... chiacchierato. "Dammi più briglia" mi ha detto, e quando io ho pensato: "Così?", lui ha risposto: "Sì, così va bene"».

Lajos mi fissò talmente a lungo che cominciai a sentirmi a disagio.

«Tu pensi che io sia matta, vero?» gli chiesi incerta.

«No, non lo penso» mi rispose lentamente. «Una volta ho conosciuto un vecchio fantino che nella sua lunga carriera doveva avere cavalcato sicuramente cinquemila cavalli, e anche lui mi ha raccontato una cosa del genere. Ha detto che con qualche cavallo riusciva a parlare, mentre altri non emettevano alcun suono, neppure una vibrazione. Non erano necessariamente migliori o peggiori, ma forse non erano altrettanto sensibili».

Anche se faceva caldo, sentii la pelle d'oca. Deglutii.

«Quindi non credi che io abbia... le allucinazioni?»

«No, non credo proprio».

Non ne ero del tutto sicura, ma forse avrei preferito che Lajos mi avesse riso in faccia picchiandosi un dito sulla tempia. Era già abbastanza inquietante poter avvertire le malattie e i dolori dei cavalli con le mani, ma adesso cominciava a essere davvero troppo.

CAPITOLO 12

Il lunedì mattina non c'era lezione. Tutte le classi della scuola si radunarono alle otto nel campo sportivo per i Giochi della Gioventù, per i quali ci allenavamo da settimane. La mia classe cominciò con i cento metri.

Ariane non mi degnò di uno sguardo. Non fece menzione della mia vittoria nel fine settimana così come non ne fece del suo telefonino rotto, e la cosa mi diede un certo sollievo. Tenevo d'occhio la classe di Melike, ma stava all'altro capo del campo sportivo, occupata nel salto in lungo.

Corsi i cento metri in 15,9 secondi senza impegnarmi troppo. Dei Giochi della Gioventù non mi importava un bel niente, avevo altre preoccupazioni che arrivare prima, mentre alcuni fanatici della nostra classe tenevano continuamente il conto dei loro punteggi; gli altri invece se ne stavano lì a non far niente, aspettando solo di passare alla gara successiva.

Il sole scaldava forte, in cielo non c'era una nuvola, e tutti quelli che non erano impegnati nella gara si cercavano un posto all'ombra. Seduti o sdraiati sul prato sotto l'ampio tetto di foglie di un imponente castagno, ammazzavamo il tempo finché la nostra professoressa di ginnastica, completamente stressata, non arrivò a dirci che di lì a venti minuti avremmo dovuto presentarci per il salto in lungo.

E in quel momento vidi Tim. Era in mezzo al campo con la sua classe. Non lontano da lui aspettavano mio fratello e i suoi compagni. Quelli del loro anno erano gli ultimi a fare i cento metri.

Era il turno di Tim. Partì con altri tre concorrenti e arrivò primo. Sentii fischi e applausi, qualcuno gli diede una pacca sulle spalle e Tim esibì per un attimo il suo sorriso splendente che mi fece battere forte il cuore, anche se non era indirizzato a me. Avrei tanto voluto attraversare di corsa il campo e abbracciarlo, ma non potevo farlo.

Qualcuno della classe di Christian lanciò qualche frase di scherno nei confronti degli allievi del tecnico. Tim scosse semplicemente la testa agitando una mano, ma le frecciatine continuarono. Avevo una brutta sensazione. Christian era furioso. La sconfitta del fine settimana aveva alimentato il suo odio per Tim. Il giorno prima Tim aveva conquistato con Juke Box anche il quarto posto al Gran Premio, guadagnandosi così – uno dei più giovani cavalieri di Germania – una medaglia d'oro e il piazzamento necessario per il livello extradifficile, e adesso mio fratello cercava solo l'occasione giusta per attaccare briga.

«Venite, ragazzi!» ci chiamò la nostra professoressa saltellando davanti a noi e agitando le mani tutta piena di energia. Per lei i Giochi della Gioventù erano il momento clou dell'anno, e quando ci alzammo gemendo come un gruppo di anziani di una casa di riposo per trascinarci brontolando a fare il salto in lungo, fece una smorfia di disapprovazione.

«Un po' più di brio, dai!» cercò di caricarci.

Ma faceva davvero troppo caldo per essere entusiasti di saltare in una vasca piena di sabbia o di correre senza motivo su una pista. Qualcuno dei miei compagni si mise a fare lo sciocco, perciò tutta la faccenda si prolungò inutilmente e la prof cominciò a seccarsi.

Azzeccai il salto la prima volta senza calpestare la linea come avevano fatto quasi tutti gli altri. Tornai a mettermi in fila con quelli del mio anno e mi guardai attorno in cerca di Melike. Senza cellulare mi sentivo tagliata fuori dal resto del mondo.

Lo sguardo mi cadde su un gruppo di ragazzi che si era radunato sul prato dietro il casotto con gli spogliatoi. Ne riconobbi qualcuno e improvvisamente ebbi un brutto presentimento. Senza chiedere il permesso alla professoressa, lasciai il resto della classe e corsi da quella parte. Attraversai il campo e mi feci largo tra la folla di curiosi che si erano disposti in cerchio. E rimasi senza fiato nel vedere al centro proprio Christian e Tim.

Si stavano misurando e si muovevano lentamente in tondo.

«Adesso le prendi, pezzente che non sei altro!» sibilò Christian con le mani strette a pugno.

«Avanti, Weiland, fatti sotto» rispose Tim rilassato. «Colpiscimi, su! Non vedo l'ora!»

E a quel punto Christian si avventò sull'odiato rivale

scatenando tutta la sua rabbia. Si buttò con i pugni su Tim, ma lui li scansò facilmente.

«È tutto qui quello che sai fare?» lo derise Tim.

«Eh già, tu hai esperienza nel prenderle» ribatté maligno mio fratello. «Nella tua famiglia di barboni è una cosa all'ordine del giorno!»

«Avanti, Chris! Picchialo! Fallo nero!» lo pungolavano alcuni compagni di classe, ma a bassa voce per non attirare l'attenzione dei professori.

A un tratto vicino a me c'era Melike, che mi prese per un braccio.

«Vado a chiamare qualcuno» balbettai.

Ma era già troppo tardi: in un attimo furono uno sull'altro. Muti e contratti per la rabbia, caddero per terra e si rialzarono. Christian perdeva sangue dal labbro spaccato mentre l'occhio destro si stava già gonfiando e Tim aveva un rivolo rosso sul mento. Nessuno badava più a fare piano. Eccitati e assetati di sangue, gli spettatori incitavano i due contendenti. Intanto mezza scuola si era radunata tutt'attorno e i professori avevano difficoltà a farsi largo.

«Che sta succedendo qui?» gridò uno. «Smettetela subito! Piantatela, tutti e due!»

Uno dei professori di ginnastica riuscì ad afferrare mio fratello, un altro si buttò su Tim e gli tirò bruscamente le braccia all'indietro.

«Ma che cosa vi è saltato in mente?» gridò uno dei prof indignato.

Christian e Tim si rialzarono ansimanti. Il buon senso aveva avuto la meglio.

Ero scoppiata in lacrime, ed ero così sconvolta che tremavo tutta. Per me era insopportabile vedere Tim sanguinare. Invece per mio fratello non provavo compassione, in fondo se l'era cercata lui.

«Tim!» gridai.

Il suo sguardo vagò tra la folla che andava diradandosi. Nel vedermi, sul suo volto escoriato apparve un sorriso, ma in quel momento qualcuno mi passò accanto scostandomi sgarbatamente di lato.

«Tim, oh, mio Dio, ma sei ferito!» strillò Ariane.

La vidi come al rallentatore buttarglisi al collo, stringerlo e baciarlo sulla guancia, e dentro di me si spezzò qualcosa. Melike mi cinse con un braccio e mi disse una frase che non capii, ma io mi divincolai. Non potevo sopportare oltre.

Cominciai ad allontanarmi lentamente, poi mi misi a correre. Dietro di me qualcuno urlò il mio nome, ma io non mi voltai. Non so come arrivai agli armadietti e con dita tremanti aprii il mio, dove avevo messo lo zaino e i vestiti. Non persi tempo a cambiarmi, volevo solo andare via di lì.

«Elena!»

Improvvisamente davanti a me c'era Tim. Sporco di sangue, con i capelli scompigliati e così incredibilmente dolce che mi si spezzò il cuore.

«Elena, ti prego, che cosa succede?» mi chiese senza fiato. «Perché non rispondi ai miei sms?»

«Potrei fare la stessa domanda a te» singhiozzai prendendo lo zaino dall'armadietto. «Lasciami in pace!»

«Ma che cosa diavolo è successo?» Tim non si lasciò liquidare così facilmente. «Sono giorni che non ti fai viva! Ho fatto qualcosa di sbagliato?»

Le lacrime sgorgarono, non riuscii a trattenerle.

Maledizione! Era così carino, e io lo amavo così tanto, ma era solo uno sporco bugiardo che mi aveva deluso profondamente.

«Vai da Ariane e da Laura e fatti coccolare e fotografare da loro!» lo investii. «A me non interessa un accidente!»

«Ehi, ma che scemenza!» disse piano. «Lascia che ti spieghi...»

«No!» Mi voltai di scatto. Avevo la voce stridula e mi detestavo per questo, per non sapere essere fredda e superiore. «Non voglio stare ad ascoltarti. Perché non mi hai detto che i Teichert hanno comprato Con Amore? E anche che tu hai ricevuto un cavallo dallo sponsor sono venuta a saperlo da mio fratello! Come possiamo stare insieme, se non mi racconti queste cose?»

Tim mi fissò per qualche secondo senza parlare. Sulla faccia piena di lividi era evidente la confusione, ma ormai mi ero lanciata.

«Mi vieni a dire che Ariane e le altre ti danno sui nervi e poi vedo foto in cui ti diverti con loro e vi sbaciucchiate. E adesso ti si butta al collo davanti a tutti! Che cosa dovrei pensare? Che cosa? Non posso sopportarlo, non posso!»

E a quel punto scappai via. Accecata dalle lacrime, mi feci largo tra gli altri ragazzi che mi lasciarono passare tra il sorpreso e il divertito.

Ma Tim non si lasciò scoraggiare.

«Elena!» mi gridò dietro. «Guarda che posso spiegarti tutto!»

Non volevo starlo a sentire. Non volevo stare più a sentire un bel niente, volevo solo andare via da quelle facce curiose, dal campo sportivo e da Tim. Singhiozzando salii le scale che portavano all'uscita.

«Almeno leggi i miei sms!» mi gridò dietro, e il tono disperato della sua voce fece breccia perfino nella mia coscienza annebbiata, ma non mi consolò.

I suoi sms non li potevo leggere, neanche se avessi voluto, perché non avevo più il cellulare. Era finita. Avrei tanto voluto buttarmi sotto la prima macchina che passava di lì, solo per mettere a tacere quel dolore tremendo che provavo dentro, ma anche in questo mi andò male: non ne arrivò neanche una.

Quando giunsi a casa, per mia fortuna la mamma non c'era. Presi Twix, salii nella mia stanza, abbassai le veneziane e mi infilai sotto le coperte. Non volevo più vedere e sentire niente. Piansi fino a esaurire le lacrime. Ariane poteva abbracciare e baciare Tim davanti a tutti, io non avrei potuto farlo mai e poi mai. Saremmo stati obbligati a nasconderci per sempre, io sarei sempre stata la sciocca costretta a temere che con le altre ragazze Tim si divertisse più che con me. Non ne avevo più la forza.

Sentii il telefono squillare al piano di sotto, ma non riuscii ad alzarmi. E non mi interessava. A un certo punto mi addormentai e mi svegliai solo quando Twix grattò la porta per uscire. Stordita, mi guardai attorno. Filtrava un filo di luce solo da una fessura delle veneziane: avevo perso completamente la cognizione del tempo e non sapevo che ora fosse.

Improvvisamente la porta della mia stanza si spalancò e sulla soglia apparve la mamma.

«Elena! Eccoti qui! Ma che cosa è successo?»

Oh, cavoli, e adesso che cosa potevo dirle?

«Ha appena chiamato la tua professoressa per dire che sei sparita dal campo sportivo senza avvertire».

«Avevo troppo mal di pancia» riuscii a sussurrare.

La mamma andò alla finestra e tirò impietosamente su le tapparelle. La luce abbagliante del sole inondò la camera e io strizzai gli occhi.

«Non puoi andartene da scuola in quel modo». La mamma sembrava davvero arrabbiata. «Ti prenderai una nota per esserti allontanata senza permesso».

Non me ne importava un accidente, per me potevano anche espellermi da scuola. Il mondo era andato a rotoli, il mio cuore era andato in pezzi e la mamma se la prendeva perché me n'ero andata da quegli stupidi Giochi della Gioventù!

«Che cosa ti succede, Elena?» insistette. «È già un paio di giorni che sei strana. È davvero solo mal di pancia?»

Annuii e arricciai il naso. Mal di pancia. Mal di testa. Mal di cuore.

La mamma mi fece qualche altra domanda, cui non diedi risposte sincere. Per un attimo pensai a come avrebbe reagito se le avessi detto la verità. Mamma, sono innamorata di Tim Jungblut e lui mi ama. Ci siamo perfino baciati e mi ha regalato una catenina d'oro con un ciondolo. E mi fa impazzire il fatto che possiamo vederci solo di nascosto.

«Di sotto c'è un pacchettino per te» mi disse alla fine quando non riuscì a cavarmi un'altra risposta. «Me lo ha dato la signora Adelmann».

Probabilmente mi aveva regalato una tavoletta di cioccolato perché quel suo stupido ronzino mi aveva rotto il cellulare. La mamma sospirò, uscì e richiuse la porta. Twix saltò di nuovo sul mio letto.

«Ma non dovevi andare a fare pipì?» gli chiesi grattandogli le orecchie di seta. Lui mi guardò dolcemente con quei suoi umidi occhi color nocciola e mi passò la lingua sul viso. "Non ti lascio sola" sembrava volermi dire. Lo strinsi fra le braccia riconoscente e lui si accoccolò stretto a me con un uggiolio soddisfatto.

A cena anche papà fece un mezzo affare di stato per la minaccia della nota. Invece non disse quasi niente della faccia ammaccata di Christian. Con ogni probabilità anche mio fratello si sarebbe beccato una nota, ma nel suo caso si usava un'altra misura: che due maschi si picchino è normale, tutto lì. Che ingiustizia! Dentro di me pensavo che papà fosse addirittura contento che Christian gliele avesse suonate al figlio del suo nemico giurato. Ascoltai i rimproveri senza dire una parola, mordicchiando svogliatamente un pezzo di pane. Dovevo ancora riuscire a parlare con Melike.

Dopo cena uscii con Twix e mi trascinai fino alla

scuderia. Da quando lo allenava papà, Fritzi non era più il mio cavallo e a Quintano non dovevo affezionarmi troppo perché apparteneva al signor Nötzli e un giorno sarebbe stato venduto. E anche Sirius, da quando la piccola Lisa lo montava regolarmente a lezione, non era più il mio pony. Non avevo niente e adesso neanche più un ragazzo. Perché quello stravedeva per Ariane! La sola idea mi fece tornare le lacrime agli occhi.

Mi lasciai cadere sulle balle di fieno davanti al box di Fritzi e mi presi il viso tra le mani. I rumori familiari dei cavalli che ruminavano il fieno, si agitavano nei loro box e di tanto in tanto sbuffavano mi tranquillizzarono un po'. Forse avrei dovuto farmi un giretto con Sirius per sgombrarmi la mente. Dovevo schiarirmi le idee. Non potevo continuare a rimuginare su Tim e Ariane!

La porta della selleria si aprì e uscì Liam. Aveva il telefono all'orecchio e quando mi vide si fermò di soprassalto. Anch'io trasalii perché avevo creduto di essere sola. Liam concluse in fretta la telefonata.

«Ehi, che cosa ci fai qui tutta sola e con quel faccino così triste? Pene d'amore?»

Gli voltai le spalle asciugandomi in fretta le lacrime.

«Non ti riguarda» ribattei sgarbata. Me ne pentii immediatamente. Aveva solo voluto essere gentile, e al concorso mi aveva aiutata quando avevo voluto ingelosire Tim, ovviamente senza riuscirci.

«Scusami» dissi quindi. «È solo che in questo momento ho un mucchio di problemi». E subito scoppiai di nuovo in lacrime.

«Tieni» mi disse lui accucciandosi al mio fianco e porgendomi un pacchetto di fazzoletti.

«Grazie» sussurrai, ne tirai fuori uno e mi soffiai il naso.

«Ehi, non c'è un ragazzo che valga così tanto da piangere per causa sua» mi disse comprensivo. «Anche altre mamme hanno figli belli».

Lo disse in modo così buffo, con quel suo accento inglese, che nonostante tutti i miei crucci non riuscii a trattenere una risatina. Mi asciugai le lacrime con la manica e poi mi soffiai un'altra volta il naso.

«Grazie, sei veramente gentile, Liam» mormorai.

Lui mi diede una pacca sulla spalla e mi fece l'occhiolino, poi mi tese una mano. L'afferrai e mi aiutò a rialzarmi.

«Vieni, altrimenti rischio di chiuderti dentro per sbaglio».

Feci un sorriso tirato e chiamai Twix con un fischio. Qualche istante dopo il mio cane arrivò scodinzolando. "Anche altre mamme hanno figli belli". Non era una vera consolazione, perché io volevo un figlio in particolare, e solo quello.

Quando arrivai a casa, mi sfilai le scarpe e stavo per andare di sopra quando mi tornò in mente il pacchetto della signora Adelmann. Era sul mobile vicino al telefono, ed era un po' troppo grosso per essere una tavoletta di cioccolato. Lo presi passando e salii di sopra. Arrivata in camera mia, mi buttai sul letto disfatto e staccai la busta incollata sul pacchetto accuratamente avvolto in carta da regalo. Dentro c'era un biglietto.

"Cara Elena" diceva "grazie per averci aiutate a far scendere Wolki. Ci dispiace molto che ti abbia rotto il cellulare. Speriamo che questo sia un sostituto valido e pratico. A presto e un caro saluto, le Adelmann".

Strappai la carta e non credetti ai miei occhi: altro che cioccolato! Mi avevano regalato un cellulare nuovo di zecca, ancora nella sua confezione, e non una cosuccia da quattro soldi, ma uno degli ultimissimi modelli!

Mi sedetti e fissai la scatola che tenevo tra le mani. Poi mi riscossi, strappai la confezione e ne tirai fuori timorosamente il telefonino. La mamma mi avrebbe sicuramente costretta a restituire un regalo così costoso, perciò non mi passò neppure per la testa di farglielo vedere. Mi sedetti alla scrivania, tirai fuori la SIM che avevo recuperato dal cellulare rotto e la infilai nell'apparecchio nuovo. Poi trovai il caricabatteria, lo attaccai alla corrente e inserii il mio PIN. Dopo nemmeno un minuto sentii un *dling* e per la seconda volta nel giro di pochi minuti rimasi incredula.

«Ventiquattro nuovi messaggi e venti chiamate perse» mormorai. Wow! E tutte di Babsi, alias Tim! Doveva essersi spellato le dita a furia di scrivere. I primi messaggi erano ancora relativamente brevi, risalivano a venerdì e al fine settimana.

"Perché non rispondi?"

"Ehilà!"

"Ma che succede?"

"ELENA!!! Ti prego, rispondi!!!"

"Devo parlare con te, *tesorino*. Ti prego, ti prego, rispondi!"

"Guarda nella casella dei messaggi in arrivo, ti ho scritto!"

Non riuscii a non sorridere. Di certo era tenace. Il diciannovesimo sms era arrivato quella mattina.

"Sono così triste che tu sia arrabbiata con me. È tutto uno stupido malinteso. La sera il papà di A. ha comprato Conny, e poi hanno bevuto troppo spumante. Ma io no!!! Però quando sono andato alla club house, mi hanno..."

Maledizione! Aprii in fretta il messaggio seguente.

"... assalito e hanno fatto la foto. Con A. non c'è niente, te lo giuro su tutto quello che ho di più sacro!!! E avevo semplicemente dimenticato di parlartene perché per me non significa nulla. Quando parlo al telefono con te, non ho voglia di..."

Messaggio seguente. Sorrisi.

"... parlare di A. o di cavalli, ma solo di te e di me. Elena, tu sei il mio *tesorino* e io ti amo!!! Se continui a non parlarmi, vado fuori di testa! E sono tremendamente geloso di tutti..."

Messaggio numero ventitré. Ormai sorridevo come un'ebete.

"... i ragazzi che tu anche solo guardi. Ah, fra parentesi: sei bellissima quando sei arrabbiata, però ti preferisco molto di più quando NON lo sei. Pace??? Ti prego, rispondi!"

Chiamai Melike e lei rispose al primo squillo.

«Hai un cellulare nuovo?» mi chiese.

La tramortii di parole e andai avanti per cinque minuti senza mai prendere fiato.

«Oh, cavoli, ho di nuovo frainteso tutto quanto» conclusi. «Sono troppo stupida!»

«Però non ti ha spiegato perché l'altro giorno non ti ha risposto subito» osservò acuta Melike. «Se lo avesse fatto, non sareste arrivati a questo punto».

«Anche di questo la colpa è mia» ammisi mortificata. «Quel messaggio è ancora nella cartella in uscita. Nella frenesia avevo dimenticato di premere invio».

Parlammo ancora un po', poi rimasi seduta a lungo alla scrivania a pensare al da farsi. Quando digitai il numero di Tim, mi tremavano le dita. Mi rispose in fretta come Melike e io parlai quasi quanto avevo fatto prima con lei.

CAPITOLO 13

Era mai possibile che solo il giorno prima fossi stata completamente distrutta? Com'era cambiato in fretta tutto quanto!

L'indomani, pedalando sulla mia bici sino alla fermata dell'autobus, avrei voluto abbracciare il mondo intero, tanto ero incredibilmente felice. Io e Tim avevamo parlato al telefono per quasi un'ora e avevamo chiarito tutti i malintesi. E poi ci eravamo inviati sms fino a mezzanotte passata, e dopo avevo dormito di un sonno profondo e senza incubi. Ci eravamo dati appuntamento a ricreazione.

Non vedevo l'ora di incontrarlo. Mai due ore mi erano sembrate così follemente lunghe.

Ovviamente nella prima pausa breve dovetti subirmi la lavata di capo della nostra coordinatrice di classe, la professoressa Wernke. Mi giustificai valorosamente fra le lacrime – in fondo avevo fatto un bel po' di pratica a piangere – dicendole che assistere alla rissa in cui era coinvolto mio fratello mi aveva sconvolta. Tutto quel sangue... All'improvviso dalla severità lei passò alla comprensione materna e mi rassicurò che ci sarebbe stata una comunicazione ai miei, ma nessun provvedimento formale. E che avrei dovuto recuperare la gara di lancio del peso.

L'ora successiva ero talmente al settimo cielo che non mi curai minimamente di Ariane. Lei non mi disse nulla, ma continuava a guardarmi in maniera così strana, con un compiaciuto sorrisetto di superiorità, che in circostanze normali mi sarei preoccupata, e invece non ci feci caso. E fu un errore enorme.

Melike faceva il palo e controllava che non comparisse inaspettatamente mio fratello. Io e Tim ci incontrammo come concordato vicino ai bidoni della spazzatura di fianco alla palestra, dove iniziava il cortile del professionale. Non ebbi il coraggio di baciarlo, ma era bello poterlo almeno tenere per mano per qualche minuto. Il cuore mi martellava per la felicità e mi sentivo leggera come una piuma.

«Christian ha un aspetto decisamente peggiore del tuo» constatai.

«Ho il naso un po' gonfio, ma per il resto non mi ha fatto granché» sorrise Tim.

Parlammo del concorso. Naturalmente mi aveva vista vincere nelle gare di livello facile e medio ed era molto orgoglioso. E poi parlammo di Fritzi.

«Quel Gasparian ha dato il tormento al mio vecchio per Fritzi per tutto il fine settimana» mi raccontò. «Ha perso la testa per quel cavallo».

«Lo posso immaginare, ma non lo avrà» ribattei.

«Da noi l'atmosfera è pesantissima» proseguì Tim infelice. «Certo, tutti non fanno che parlare del nuovo camion e dei cavalli, ma è un inferno dover spiegare continuamente a un altro tutto quello che fai. A mio padre quel ciccione e quella sua spia sempre sorridente danno sui nervi da morire. Per non parlare del signor Teichert, che è geloso di Gasparian, e di Ariane, che mi sta incollata come una zecca. Ieri ancora un po' mi seguiva anche al gabinetto!»

Alzò gli occhi al cielo e io risi a quel pensiero.

«Non c'è proprio niente da ridere, Elena» brontolò Tim.

Io gli raccontai della ferita di Grandino e della lite fra Christian e mio padre.

«Tuo fratello non ha proprio nessun motivo di invidiarmi» disse amareggiato Tim. «Io farei volentieri cambio con lui. Non è che mi diverta a dover cavalcare tutti i cavalli che quell'armeno ci porta. Sono sempre il primo a dover montare quelle bestie. Invece per tuo fratello è un paradiso in terra: due cavalli al giorno, e per il resto in camera sua a giocare al computer. Io me lo sogno!»

Suonò la campanella: la ricreazione era già finita. Ci salutammo in fretta e io corsi dentro con Melike. Con la prof di francese era meglio non arrivare in ritardo!

Quel pomeriggio ebbi una brutta sorpresa. Al mio ritorno a casa, Christian mi aspettava in corridoio: a quanto pareva era rimasto in agguato già dietro la porta.

«Hai visto quello che si dice di te sul forum della scuola?» mi chiese con un tono di voce che non sembrava affatto amichevole.

«Di me? No, non lo so e non mi interessa».

Stavo per passargli davanti, ma mi prese per un polso.

«C'è una foto di te con quel verme di Jungblut» sibilò.

Raggelai. Una foto di Tim e me? Era impossibile, giusto?

«E scrivono che gli sbavi dietro».

«Io?» Mi finsi sorpresa e indignata, sentendomi male al pensiero di dover rinnegare Tim, ma non c'era altro da fare. «Di' un po', ti ha dato di volta il cervello?»

«No, per niente» ribatté lui scrutandomi attentamente. «Però una cosa te la voglio dire: se c'è qualcosa di vero, te la faccio vedere io!»

Le sùe dita mi serravano il polso come una morsa e mi trascinò su per le scale fino in camera sua.

«Ecco, guarda tu stessa!» E mi indicò il computer sulla sua scrivania.

Mi sedetti esitante e vidi subito che quella foto doveva essere stata scattata quel giorno durante la ricreazione. Per fortuna io e Tim eravamo relativamente distanti e anche la mia faccia non si distingueva molto bene. Qualcuno doveva averci fotografati con il cellulare. Mi lambiccai il cervello. Negare non serviva a niente, la prova era inconfutabile.

"Quella pezzente di Elena Weiland ci prova con Tim Jungblut. Che cosa ne penserà suo fratello, dopo quello che è successo ieri???" lessi incredula. Alcune persone avevano già lasciato un commento, e nessuno gentile, anzi. Una buona metà delle ragazze della scuola che perdevano la testa per Tim erano caustiche nei miei confronti, e i nomi poco lusinghieri che avevano trovato per me avrebbero divertito un mondo quel brutto rospo di Jens. Capii perfettamente chi era la fonte: Ariane. Ma perché lo aveva fatto?

«Hai una spiegazione?» chiese Christian furioso alle mie spalle. «Questo lo leggono tutti i miei amici! E che cosa credi che penseranno? Saranno convinti che ieri me le sono date con quell'idiota a causa tua!»

E allora? Per quello che me ne importava dell'opinione degli amici di Christian! Ripensai alla rissa e al fatto che Ariane mi aveva spinta di lato ed era corsa da Tim. E mi si accese una lampadina. Tim doveva averla piantata in asso per correre dietro a me, e Ariane doveva essersi offesa a morte. Quella foto era la sua vendetta.

«Mi stava facendo le congratulazioni per la vittoria al concorso. Saranno stati una decina di secondi. E vicino a me c'era Melike» riuscii a dire soltanto. Non mi venne in mente una scusa migliore.

In quel momento apparve un nuovo commento. Qualcuno che non conoscevo aveva fondato un gruppo: "Salviamo Tim da quella pezzente di Elena!". Faticai a mandare giù. E adesso, che cosa dovevo fare? Ero sciocc ata, dovevo chiamare subito Melike. Di sicuro Tim non aveva ancora letto niente, non usava quasi mai il computer e su quel forum non era neppure registrato.

Verso la fine del pomeriggio il gruppo "Salviamo Tim da quella pezzente di Elena!" contava già 82 membri, e in più vi avevano pubblicato una mia foto orrenda ritagliata da quella di classe dell'anno prima. Avevo ancora l'apparecchio e un sorriso terribilmente idiota. La cosa che più mi scioccò fu che c'erano diversi commenti acidi e meschini di alcune mie compagne di classe che si firmavano tranquillamente con il loro nome. A loro non importava un fico secco che io sapessi chi erano. E a quanto pareva, non gliene importava neppure di dovermi affrontare l'indomani a scuola.

«Insomma, per la maggior parte non le conosco neppure» dissi a Melike, seduta davanti allo schermo al mio fianco. «C'è addirittura gente di altre scuole!»

«Ecco perché te ne devi fregare» mi disse Melike. «Quelle conoscono quelle stupide di Laura o di Rebecca o di Tessa, te non ti hanno neppure mai vista. Si divertono semplicemente a sparlare degli altri, altrimenti la loro vita non ha un senso».

Non era una vera consolazione, però Melike non aveva tutti i torti.

«Per prima cosa tolgo il link» disse poi decisa. «E poi contattiamo l'amministratore del sito».

«Non serve a niente, se sciolgono il gruppo, quelle ne fonderanno semplicemente un altro» dissi io scoraggiata.

Bussarono alla porta. Chiusi in fretta la pagina e gridai: «Avanti!». Era la mamma.

«Vado con papà dal commercialista e poi a fare la spesa. Questo pomeriggio sul tardi arrivano da Monaco i nuovi clienti con i loro cavalli e poi vogliamo fare una grigliata. Tu mangi con noi, Melike?»

«Sì, volentieri!» annuì Melike, e la mamma scomparve.

Da quando le avevo raccontato che avevo evitato la nota a scuola, si era un po' rabbonita.

Mi alzai e mi lasciai cadere sul letto con un sospiro. Twix mi raggiunse immediatamente e mi si accoccolò contro. Sembrava avvertire che c'era qualcosa che non andava. Di norma sarei stata felice all'idea di nuovi cavalli, nuovi clienti e una grigliata, ma quel giorno no. Quel giorno mi sentivo triste e disperata e davvero scioccata per le cattiverie che mi erano state rovesciate addosso. Sarebbe stato bello se Tim fosse stato il mio ragazzo ufficiale, ma così il pericolo mi minacciava da tutte le parti, soprattutto dalla mia famiglia, perché arrivati all'argomento "Jungblut", anche per i miei il divertimento cessava.

«Non ti lascerai distruggere così facilmente!» esclamò Melike con aria risoluta. Si dondolò sulla seggiola corrugando la fronte pensierosa. «Devo studiare una strategia».

«Cambio scuola» proposi grattando Twix sull'orecchio. Il mio cane si scrollò sbuffando, poi mi mordicchiò il dito. Lo punzecchiai distrattamente sulla pancia e sulle zampe e lui si arrabbiò, soffiò, ringhiò e si difese. Grazie al cielo avevo il mio bel cagnolino e un'amica come Melike!

«Intanto ti iscrivi al gruppo anche tu» disse dalla scrivania.

«Ma sei matta? Non mi accetteranno mai!»

Il mio nuovo cellulare squillò con la suoneria speciale dedicata a Babsi. Sussultai e cominciai a rovistare tra i vestiti che avevo sparso sul letto. Twix si scrollò sollevando il pelo.

«Tim!» esclamai a mezza voce. «Oggi Ariane ha postato una nostra foto sul forum della scuola!»

Con mia sorpresa, Tim sapeva già tutto, glielo aveva raccontato un suo compagno di classe.

«Sei proprio sicura che dietro tutto questo ci sia Ariane?» mi chiese.

«Al mille per cento! Ieri dopo la rissa deve aver capito che c'era qualcosa fra di noi perché tu non le hai dato retta e mi sei corso dietro. E adesso vuole farmela pagare perché è invidiosa. Credo che abbia una cotta per te...»

«Che viscida! Non riesco a crederci!»

Tim non era meno nei guai di me.

«Dobbiamo consultarci. Ora puoi uscire?»

«Certo! Quando e dove?» A un tratto mi sembrò di rinascere.

«Alla croce di pietra fra tre quarti d'ora?»

«Sì, va bene. Viene anche Melike».

Aspettammo che i miei se ne andassero, poi ci precipitammo al piano di sotto e attraversammo lo spiazzo di corsa. Christian stava facendo camminare avanti e indietro Grandino sul parcheggio asfaltato e intanto parlava al telefono con aria seccata. L'intervento tempestivo di Lajos aveva evitato una brutta infiammazione, ma l'ecografia al cavallo aveva evidenziato un logoramento del tendine. Anche se papà avesse tolto il veto alla partecipazione ai concorsi di Christian, a mio fratello sarebbe rimasta solo Ronalda, perché Grandino sarebbe dovuto stare a riposo per un bel po'.

Liam stava sellando Mister Magic e anche lui era al telefono, Heinrich caricava letame sul rimorchio del trattore con la ruspa e Stani stava portando due cavalli nei paddock. La nonna trafficava nell'orto e il nonno dava lezioni nell'arena grande. Dopo le ore opprimenti al computer, quella familiare routine quotidiana all'*Amselhof* mi sembrava davvero confortante. La vita continuava come al solito, anche se Ariane aveva scatenato un'offensiva meschina contro di me.

Nel giro di pochi minuti avevamo sellato Sirius e Jasper, avevamo rapidamente pulito loro gli zoccoli e condotto i cavalli fuori dalla scuderia. Twix saltellava eccitato abbaiando intorno a noi e Robbie, incuriosito, uscì a vedere. D'inverno gli piaceva stare fuori, ma nelle giornate calde come quella andava a rintanarsi in qualche posticino all'ombra. Il bovaro svizzero ci vide montare in sella e ci trotterellò dietro per qualche metro, ma poi si fermò e rimase a guardarci. Per lui era troppo faticoso seguirci.

Trottammo nel fresco del bosco. Il fondo era ricoperto da un tappeto di asperula e aglio selvatico che spandeva intorno un aroma meraviglioso. Gli uccellini cantavano e qua e là un raggio di sole si faceva strada tra il fogliame disegnando macchie più chiare sulla strada.

«Oh, non me ne importa un bel niente di quello che scrivono su quel maledetto forum!» esclamai a Melike. «Della gente a scuola non mi preoccupo, ma non si deve venire a sapere che sto con Tim!»

«A te potrà anche non importare, ma non devi comunque lasciargliela passare liscia!» ribatté Melike. «A quell'Ariane bisogna dare una bella lezione!»

Arrivate all'"autostrada", i nostri cavalli partirono automaticamente al galoppo e noi li lasciammo correre a loro piacimento. Intanto facevo attenzione per capire se potevo parlare con Sirius come con Quintano, ma il pony rimase muto. Come un pesce, o forse come un cavallo.

Dopo mezz'ora al trotto e al galoppo arrivammo al parcheggio in fondo al bosco, vicino alla croce di pietra. Tim era già là. Indossava un paio di jeans e una maglietta azzurra come i suoi occhi. Saltai giù dal dorso di Sirius praticamente fra le sue braccia e finalmente potemmo baciarci di nuovo! Melike mi prese la briglia di Sirius dalla mano e legò i due cavalli al capanno di legno che doveva servire da ricovero per gli escursionisti, quindi andammo a sederci dentro, su una panca. Tim mi cingeva la vita con un braccio e io lo tenevo per mano. Ariane, il forum, quell'idiota di mio fratello: tutto era lontano, lontanissimo!

«In realtà volevo parlarti di un'altra cosa» cominciò Tim cercando per un attimo le parole giuste. «Oggi mi è arrivata una lettera dalla scuola».

«Una lettera? Per la rissa?» Non capivo.

«No». Tim scoppiò in una risata. «In realtà con l'estate finisco l'obbligo scolastico e mio padre è determinato a sfruttarmi come operaio a buon mercato. Io però vorrei passare al liceo e fare la maturità».

«Davvero?» dicemmo io e Melike quasi all'unisono.

Io stavo pensando di smettere dopo l'ultimo anno dell'obbligo scolastico per occuparmi di cavalli a tempo pieno: basta con la scuola! E invece Tim aveva in mente esattamente il contrario.

«Sì» confermò lui. «La scuola mi piace, vado bene senza impegnarmi troppo. Non sono sicuro di voler passare la vita andando solo a cavallo».

«Ma è fantastico!» esclamò Melike entusiasta.

«Purtroppo mio padre non la pensa così» ribatté Tim alzando gli occhi al cielo. «Vuole che faccia l'apprendista da lui».

«E tua madre che cosa ne pensa?» gli chiesi. Non avevo mai riflettuto seriamente su che cosa avrebbe significato non vedere più Tim neppure a scuola.

«Niente. Credo che non le importi, quello che conta è non litigare con mio padre».

«Be', allora tu passa al liceo e fai la maturità» tagliò corto Melike. «Tuo padre non può mica costringerti a mollare la scuola».

«E poi c'è ancora tuo nonno» gli ricordai.

«... con il quale non scambio una parola da non ricordo quando» mi fece notare Tim. «Ma non importa, adesso raccontatemi di questa faccenda su Internet».

Melike riferì nei minimi dettagli, io integrai con i collegamenti necessari. Quando comprese la gravità della cosa, Tim annuì tetro. Non era in una situazione migliore della mia, perché anche i suoi non dovevano scoprire niente di noi due. Ci lambiccammo il cervello per un po', facemmo varie proposte, ma nessuna convincente. Melike era favorevole a un attacco frontale e impietoso contro Ariane. E anch'io accarezzavo l'idea di combatterla con le sue stesse armi.

«Perché, siamo sinceri» disse alla fine Melike. «Lei crede di essere amata a scuola, ma in realtà la gente non la sopporta perché è solo un'oca vanitosa che può fare sfoggio dei soldi di suo padre. Scommetto che in pochissimo tempo riesco a mettere in moto un centinaio di persone che creino un gruppo contro di lei».

«Non hai tutti i torti» ammise Tim. Anche a lui l'idea piaceva molto.

«A me non importa quello che scrivono di me» dissi, e lo pensavo davvero. «Cancello il mio profilo sul forum e morta lì. I miei veri amici siete voi, e per voi Internet non mi serve».

«Uhm... per prima cosa dobbiamo fare in modo di far sparire la vostra foto e di far chiudere il gruppo» disse Melike. «E, Tim, purtroppo a questo devi pensarci tu».

«Io? Ma io di computer non so un bel niente».

«No, no, l'informatica non c'entra. Sto parlando di altro». Gli occhi di Melike brillavano di entusiasmo. «Stammi a sentire. Quando oggi Ariane verrà alla scuderia, tu fatti vedere avvilito, e fai in modo che se ne accorga. Ti parlerà subito».

«Ah, questo è certo» sbuffò Tim sprezzante. «Quella non mi molla un attimo».

«Meglio ancora» annuì soddisfatta Melike. «Allora, le dici che uno dei tuoi compagni ti ha raccontato che su Internet scrivono delle idiozie su te e questa Weiland. Che non sai spiegarti chi possa essere stato a postare quella foto. Che addirittura sospetti di Elena, dicendo che quella cerca sempre di starti appiccicata. In ogni caso, devi mettere bene in chiaro con lei che sei in guai enormi con i tuoi e che stai pensando di mollare la scuola e di cercarti un lavoro come scozzonatore da qualche parte al nord. Vedi di farla molto drammatica».

Tim cominciò a sorridere scuotendo il capo.

«Ne sai davvero una più del diavolo, Melike» le disse ammirato.

«Può funzionare... Ariane vuole vendicarsi di Elena, non ce l'ha con te. La odia così tanto che probabilmente non ha pensato che saresti rimasto coinvolto anche tu. Perciò, se tutto va come credo, chiuderà il gruppo all'istante e toglierà la foto. E non appena lo fa, attacco io».

«Geniale» disse Tim. Non trovavo troppo entusiasmante l'idea che Tim dovesse parlare con Ariane, ma Melike aveva ragione. Così poteva funzionare davvero.

Annuii. «Per me possiamo provare».

«Allora d'accordo» confermò Tim. «Questa sera Ariane ha lezione con mio padre. In ogni caso dopo la vedo». Mi strinse a sé. «Nei prossimi tempi dovremo fare ancora più attenzione. Tra poco cominciano le vacanze, e allora Ariane filerà ai Caraibi o sulla luna».

«Ottimo!» Melike era raggiante. «Abbiamo un piano! Giuro che quel verme schifoso rimpiangerà di essersi messo contro di noi!»

Melike non vedeva l'ora di dare il via alla sua campagna di annientamento contro Ariane e per questo rinunciò addirittura alla grigliata in compagnia di Lajos e Liam. Subito dopo avere sistemato i cavalli, balzò in sella alla bici e se ne tornò a casa. Io avrei voluto andare subito in camera mia, ma papà mi trattenne. Era con un paio di persone nella scuderia lunga, davanti a due box.

«Elena! Vorrei presentarti la signora Denninger, Fabian e Saskia».

Mi ero completamente dimenticata dei nuovi clienti. A malincuore andai da lui a salutare educatamente la signora Denninger. Fabian aveva all'incirca l'età di Christian, era alto e dinoccolato e a prima vista sembrava un tipo a posto.

«Ciao» mi disse solo, masticando una gomma.

Sua sorella era grande più o meno come me. Era un tipo esile e magro, con capelli biondissimi tagliati a spazzola che le stavano sparati sulla testa e grandissimi occhi azzurro cielo.

«Ciao, io sono Kiki» mi salutò dandomi la mano. «In realtà mi chiamo Saskia, ma è un nome idiota».

Anche se in quel momento avevo altri pensieri per la testa, mi trovai a sorridere.

«Oh, e fra parentesi, quello è mio fratello maggiore, Fabian, che però purtroppo ha difficoltà a staccare i denti». Ridacchiò facendomi l'occhiolino e mi piacque subito.

Guardai un attimo i cavalli di Saskia, Carino e White Face, poi dovetti correre dietro a sua madre e a suo fratello, che avevano già lasciato la scuderia insieme con mio padre.

«Adesso dobbiamo andare a casa a disfare gli scatoloni» mi spiegò Kiki alzando gli occhi al cielo e fingendosi disperata. «Ormai il camion del trasloco dovrebbe essere arrivato. Spero che qui ci fermeremo un po'. Negli ultimi anni ci siamo trasferiti sei volte».

«Davvero? E come mai?» Ero stupita. Io vivevo all'*Amselhof* da sempre e non potevo immaginare di dover cambiare continuamente città.

«È per via del lavoro di mio padre» fece spallucce Kiki con una smorfia. «Domani ci vediamo?»

«Certo, io qui ci abito».

«Allora a domani!» Mi salutò e scappò via come un folletto.

La salutai a mia volta, poi entrai in casa e corsi in camera mia.

Nel frattempo il gruppo "Salviamo Tim da quella pezzente di Elena!" contava 136 membri e lessi commenti su di me che mi avrebbero fatto ridere, se tutta la faccenda non fosse stata così triste. Tutta quella gente non mi conosceva neppure e scriveva su di me le cose più orrende. Incredibile!

Ero tutta sudata e appiccicosa, perciò mi feci la doccia e mi cambiai. Fuori il tempo si era fatto afoso e opprimente, c'era aria di temporale. La mamma mi chiese di aiutarla ad apparecchiare in terrazza. Ci saremmo anche potuti sedere nel giardino della trattoria e farci servire dalla cameriera della nonna, ma la mamma era molto orgogliosa della sua terrazza, e a ragione.

Solo poche settimane prima, Stani e Heinrich avevano divelto le orrende lastre di calcestruzzo, raddoppiato la superficie del terrazzo e rivestito il pavimento di piastrelle di terracotta; quindi avevano aggiunto un nuovo pergolato e avevano accuratamente legato i tronchi e rami nodosi del glicine alle travi nuove, staccandoli da quelle vecchie e marce. Adesso il glicine era fiorito in una sontuosa cascata viola, e tutt'attorno erano sparsi vasi di ortensie e gerani. Protetto da un muro dal vento e dalla pioggia, era un piccolo paradiso, e con i comodi mobili scuri in rattan abilmente acquistati all'asta su Internet, la mamma lo aveva trasformato in un angolino che ricordava la Toscana.

«Ah, Melike non si è potuta fermare» dissi togliendo un piatto.

«Però vengono la signora Adelmann e sua figlia» mi informò la mamma.

Mi venne in mente che non le avevo ancora ringraziate per il cellulare. Avrei dovuto farlo subito, se possibile senza farmi notare.

Apparecchiammo in fretta. Papà accese la carbonella e poi sparì in bagno. La mamma tagliuzzava gli ingredienti per un'insalata di pasta e io l'aiutavo. Poi preparai anche un'insalata di cetrioli, che era uno dei miei piatti preferiti.

Sentii vibrare il cellulare, e con una scusa corsi di sopra e mi chiusi in camera.

«E allora? Com'è andata?» chiesi ansiosa.

«Melike è davvero diabolica» mi rispose la voce divertita di Tim. «È andata per filo e per segno come aveva previsto. Dopo aver parlato con me, Ariane si è quasi messa a piangere. Non era stata lei, si è difesa, lei non avrebbe mai e poi mai fatto una cosa del genere, però sapeva chi era stato a postare la foto e a fondare il gruppo».

«Cavoli, ma è fantastico» dissi sollevata. «E lo chiude già oggi?»

«Penso di sì, considerato quanto mi sono finto disperato». Tim rise piano. «Avrei dovuto fare l'attore».

La mamma mi chiamò dal piano di sotto.

«Devo andare a cena» gli dissi. «Ora voglio proprio vedere che cosa si inventerà Melike».

«Sì, anch'io. Tienimi informato, d'accordo?»

«Ma certo! Ti voglio bene».

«Io di più!»

Diedi ancora una rapida occhiata al forum: il gruppo esisteva ancora, ma del resto Ariane era ancora alla scuderia. E fra poco ne avrebbe viste delle belle!

CAPITOLO 14

Christian era impazzito per Ilona Adelmann, proprio come avevo immaginato. Per tutta la sera la fissò ammirato mentre lei raccontava dei suoi cavalli da dressage, della scuola a Francoforte e di altre cose noiose. L'*Amselhof* le piaceva molto. La scuderia in cui tenevano i cavalli non aveva campagna intorno, solo due autostrade, e il maestro non le andava a genio. A sentire lei, con i suoi metodi duri aveva rovinato Wolkentänzer e Rosentraum. Cavoli, che nomi!

La signora Adelmann raccontò ai miei e a Lajos pressoché le stesse cose. Da più di un anno i due cavalli zoppicavano continuamente, e anche se ormai avevano visitato praticamente ogni clinica equina di fama in tutta la Germania, non miglioravano. Il marito cominciava a lamentarsi di dover sborsare tutti quei soldi per la pensione dei cavalli, l'istruttore e in più anche i conti del veterinario. Per Wolki e Rosi, Lajos era l'ultima spiaggia.

«Quanto pagate per un box nella vostra scuderia?» s'informò spudoratamente la mamma ficcandosi in bocca una forchettata di cetrioli.

«Ottocento euro» rispose la signora Adelmann, e la

mamma rischiò di strozzarsi. «Senza contare la scozzonatura e i paddock. Il tutto per quattro. Be', insomma, mio marito riesco a capirlo».

Tutt'attorno al tavolo regnava un silenzio di tomba. Papà, mamma e Christian cercavano di calcolare a mente quanti soldi il signor Adelmann spendeva tutti i mesi per i quattro cavalli in quella scuderia di lusso.

«Da noi un box costa la metà» gracchiò la mamma fra un colpo di tosse e l'altro. «E il paddock è gratis».

«Davvero?» La signor Adelmann sembrava impressionata. «Finché una mia conoscente non mi ha consigliato di rivolgermi al dottor Kertészy, non avevo mai sentito parlare dell'*Amselhof*, e per noi non fa differenza spostarci in una direzione o nell'altra».

«La nostra è più che altro una scuderia per cavalli da salto» spiegò mio padre. «Però oggi viene da noi un istruttore».

Stavo seduta in silenzio in mezzo a loro e aspettavo nervosissima un sms di Melike. In lontananza si avvicinava il temporale che speravo portasse un po' di refrigerio e facesse fuori un bel po' di quelle zanzare fastidiose.

Sul bosco lampeggiarono i primi fulmini, rombarono i primi tuoni e il cielo si oscurò. Le Adelmann ringraziarono per la cena e si affrettarono verso la loro macchina. Papà, Christian, Liam e Lajos andarono alla scuderia per chiudere i pannelli del tetto e io aiutai la mamma a sparecchiare e a caricare la lavastoviglie. Per tutto il tempo la mamma canticchiò fra sé. Ultimamente non l'avevo mai vista così di buon umore.

«Sei allegra, come mai?» le chiesi.

«Oh, oggi abbiamo avuto buone notizie» mi rispose sorridendo. «La banca ha ridotto le rate mensili degli interessi e degli ammortamenti perché abbiamo saldato buona parte del debito. Inoltre sono arrivati due nuovi cavalli a pensione e se siamo fortunati riusciremo a convincere anche le Adelmann a tenere qui i loro cavalli».

«Fantastico!» dissi sforzandomi di sorridere a mia volta. Avrei voluto che anche nella mia vita ci fossero cose belle da riferire, invece mi incontravo di nascosto con il figlio del nemico giurato dei miei genitori e venivo mobbizzata alla grande nel forum della scuola.

Misi una pastiglia nella lavastoviglie e la feci partire, poi asciugai i bicchieri che la mamma aveva lavato. Dalle porte aperte del terrazzo entrò una folata di vento umido e caldo, quindi si udì un tuono assordante. Twix, che era vicino a me, ululò per lo spavento. Odiava i temporali. Nello stesso istante si aprirono le cateratte del cielo nerissimo e cominciò un vero e proprio diluvio.

«Io me ne vado a letto, sono distrutta» annunciai dando un bacio sulla guancia alla mamma, e salii di sopra con Twix al seguito. In camera mia mi precipitai al computer.

«Sììì!» mormorai stringendo i pugni trionfante. Il gruppo era stato davvero cancellato. Ed era sparita anche la foto di Tim e me. Chiamai subito Melike.

«Ha funzionato!» mi cantò all'orecchio. «Quell'Ariane è così prevedibile che è quasi noiosa».

«Ti è venuto in mente qualcosa?»

«Certo che sì. Mi sono iscritta con un profilo nuovo e ho fondato un gruppo come "Conny A. More"». Melike ridacchiò. «Quell'oca giuliva lo capirà, il gioco di parole? Se no è quasi un peccato. Comunque, non è stato difficile, ho semplicemente aperto un account e mi sono ritrovata un indirizzo email nuovo di zecca per registrarmi. Un gioco da ragazzi. Il gruppo si chiama: "Ariane T. è troppo idiota". Ci ho messo solo un po' di tempo per invitare al gruppo tutti i miei contatti, ma ho trovato una soluzione anche per questo».

Ero così ammirata che non sapevo che cosa dire. Melike ci sapeva fare con i computer, era davvero in gamba. Contro di lei Ariane non aveva nessunissima possibilità.

«Sei un genio!» le dissi. «Ma le regole del forum non lo permettono, giusto?»

«Sai che mi importa... Secondo mio fratello, non riusciranno a rintracciarmi. E se anche lo facessero, per allora Ariane avrà capito quanto in realtà tutti la trovino incredibilmente odiosa».

Cliccai sulla pagina del gruppo. Anche se era stato aperto solo da pochi minuti, aveva già quattordici membri.

«Ma dove l'hai trovata la foto di Ariane?»

«Nel suo sito. Pensa un po', ne ha uno, quell'oca egocentrica».

«Ah!»

Ora che la cosa si era messa in moto, quell'idea non mi sembrava più così fantastica come nel pomeriggio, quando ne avevamo parlato. Mi sentii rimordere leggermente la coscienza. In realtà stavamo facendo esattamente la stessa cosa che Ariane aveva fatto a me. Tutto sommato era meschino, prendersela in quel modo con un'altra persona. Però d'altro canto, Ariane quella lezione se l'era proprio meritata.

L'indomani mattina prima di colazione andai sul forum, cosa che di solito non facevo. Nel corso della notte, il gruppo "Ariane T. è troppo idiota" aveva preso un bello slancio: gli iscritti erano 217 e aumentavano di minuto in minuto, e sulla bacheca c'erano decine e decine di commenti. "Stupida modaiola", "oca arrogante", "zucca vuota", "crede di poter comprare qualsiasi cosa con i soldi di papà". E quelli erano solo i commenti più innocui. Quando Ariane li avesse letti tutti – e non avevo dubbi che lo avrebbe fatto – avrebbe avuto un bello choc. Tenni comunque a bada i rimorsi di coscienza. Mi bastò pensare a quanto stava appiccicata a Tim e già non provavo altro che una soddisfazione maligna.

Quando poco dopo me ne stavo seduta sull'autobus, non riuscii a reprimere un sorriso. Melike, al mio fianco, si dimenava in continuazione.

«Oh, cavoli, come mi piacerebbe essere nella tua classe!» gridò saltellando sul sedile come una pazza. «Chissà se Ariane si farà vedere a scuola...»

«Non sarebbe male se non lo facesse» risposi.

Molto saggiamente, non mi ero iscritta al gruppo. Anche se Ariane avrebbe sospettato subito di me, non dovevo attirare l'attenzione.

A scuola ovviamente la campagna contro Ariane era sulla bocca di tutti. Prima faccende del genere si diffondevano in cortile, ma adesso bastavano un paio di *clic* del mouse e tutto andava incredibilmente più in fretta. La cosa non era arrivata ai professori. Quel forum era degli studenti e con gli adulti non si parlava di quello che veniva scritto lì. Il gruppo "Ariane T." era forte e divertente, per questo volevano starci dentro tutti. Non mi sarei stupita se nel pomeriggio i membri avessero raggiunto quota cinquecento.

Rimasi sorpresa nel vedere che Ariane era a scuola. E sapeva tutto. Però non teneva maestosamente corte come al solito attorno al suo banco, circondata da ammiratrici, senza smettere di parlare un momento: stava seduta muta e con aria di sfida fra Rebecca e Tessa. Quando suonò la campanella e tutti saltarono su per spostarsi in aula di biologia, lei rimase al suo posto.

«Io non ci vado» la sentii dire con tono lacrimevole alle sue due fedelissime. «Non voglio sentire nessuno. Aspetterò che i corridoi si siano svuotati».

«Ma dobbiamo andare a biologia» sbraitò Rebecca. «Il professor Lautner ce l'ha già con me, non voglio fare tardi».

«E allora vai». Ariane si mise a braccia conserte e aggiunse con aria melodrammatica: «Se per te Lautner è più importante di me...».

Quella svampita di Rebecca era incerta, ma evidentemente la sua amicizia con Ariane non doveva contare così tanto per lei, perché prese lo zaino e borbottando una qualche scusa uscì dall'aula. Ah, ecco il primo topo vigliacco che lasciava la nave. Soffocando a fatica un gran sorriso, uscii a mia volta.

Melike mi aspettava impaziente ai piedi delle scale. Voleva sapere per filo e per segno come avesse reagito Ariane.

«Ottimo» commentò soddisfatta quando terminai il mio racconto. «Penso che lascerò aperto il gruppo fino a stasera, poi lo chiuderò. Così finalmente capirà che cosa vuol dire sentirsi ricoprire di insulti».

Non glielo avrei mai chiesto, in fondo Melike aveva fatto tutto questo solo per aiutarmi, ma dentro di me ne fui sollevata.

Ci separammo alla scala vicina. Io andai in aula di biologia e Melike tornò nella sua classe. Ariane e Tessa entrarono un minuto dopo la campanella.

«Ehi, ecco "Ariane T."!» esclamarono un paio di ragazzi, e tutti scoppiarono a ridere.

Ariane diventò paonazza. Tenendosi lo zaino stretto al petto, marciò a testa alta davanti a Tessa per raggiungere il suo posto sussurrando un "Mi scusi" in direzione del nostro professore di biologia, poi si sedette senza fare tanta scena come al solito. Per tutta l'ora rimase con lo sguardo fisso in avanti, non disse una parola a Rebecca, la traditrice, e lottò con le lacrime. Quanto doveva essere triste per lei scoprire di non essere la star della classe, come si era sempre creduta nella sua sconfinata superiorità.

Alla fine dell'ora si rifiutò di uscire per la ricreazione, ma il professor Lautner doveva chiudere a chiave l'aula e praticamente la spinse in corridoio.

I suoi nervi non ressero più di due ore. Alla terza il suo posto rimase vuoto. Tessa la giustificò con il professore di inglese. Disse che Ariane si era sentita male all'improvviso e che si era fatta venire a prendere dalla madre.

Ovviamente in cortile Ariane era l'argomento di conversazione numero uno, tutti la prendevano in giro, ma io non provai nessun senso di trionfo, al contrario: mi sentii miserabile. Ariane era una persona meschina, ma non riuscivo ad augurarle il dileggio e il disprezzo di tutta la scuola. Mi sarebbe bastato che togliesse le mani di dosso a Tim.

Come promesso, quella sera stessa Melike cancellò il suo falso profilo e il gruppo, che nel frattempo aveva superato i seicento membri.

«Allora, adesso posti tu qualcosa» mi disse poi al telefono. «Qualcosa di carino in difesa di Ariane».

«Ma sei impazzita?» ribattei incredula.

«Certo che no, fa tutto parte della mia strategia. Te lo giuro, da questo pomeriggio Ariane è incollata al computer a leggere ogni minimo commento. Se ti schieri dalla sua parte, la smonti completamente».

Ariane non era andata alla scuderia, lo sapevo da Tim. Probabilmente Melike aveva ragione.

«Dici sul serio?» le chiesi dubbiosa. «E che cosa dovrei scrivere?»

«Scrivi... ehm... aspetta...» ragionò la mia amica ad alta voce. «"Gli insulti ad Ariane sono orribili. Non sono sua amica, ma questa cosa è vergognosa. Io lo so, perché lo hanno fatto anche a me, ed è una sensazione orrenda"».

«Bah, che melensaggine!» Non riuscii a non ridere, però il suggerimento di Melike era effettivamente buono.

«Probabilmente ti beccherai qualche insulto pure tu, ma non importa» disse Melike. Mi dettò quello che dovevo postare e lo feci.

Il giorno dopo a scuola Ariane non venne, e così anche il resto della settimana. Gli insulti sul forum erano finiti, il gruppo "Ariane T." era acqua passata e c'erano cose nuove, più interessanti da discutere. Nessuno aveva fondato un nuovo gruppo contro di lei, nessuno osava farlo, neppure mio fratello, che si era divertito un mondo e aveva completamente dimenticato la storia di me e Tim. Tutto merito di Melike.

CAPITOLO 15

Fino alle vacanze Ariane non mi rivolse più la parola. Rebecca era caduta in disgrazia, perciò sull'autobus la sua unica amica era Tessa. Avevo sentito voci secondo cui avrebbe voluto cambiare scuola, ma si diceva che i suoi le avessero detto di no.

Finalmente l'anno scolastico giunse al termine: ci aspettavano sei meravigliose settimane di vacanza, che cominciarono con i campionati regionali a Eschwege. Papà e Liam avrebbero partecipato nella categoria seniores, io e Christian eravamo iscritti a quella juniores e Ilona Adelmann portò con sé il suo cavallo migliore, Andiamo, nella gara juniores di dressage.

Il giovedì, subito dopo la consegna delle pagelle, partimmo per l'Assia settentrionale, anche se con sentimenti contrastanti. Solo tre giorni prima a neppure venti chilometri da noi una giumenta e il suo puledro erano stati rubati direttamente da un paddock e uno stallone di quattro anni dalla sua scuderia. Per papà e mamma era confortante sapere che Lajos restava alla tenuta, e in più il nonno aveva promesso di rinchiudere tutte le sere nella scuderia i cavalli e le giumente con i loro puledri anziché lasciarli al paddock. Anche se era una cosa complicata che portava via un mucchio di tempo, era comunque meglio che ritrovarsi con un cavallo di meno la mattina dopo.

Ero contenta che Fritzi venisse a Eschwege con noi. Papà lo avrebbe cavalcato nella gara per le qualificazioni ai campionati nazionali, e pensava di raggiungerci anche il signor Nötzli, perché voleva vedere i progressi miei e di Quintano.

Partimmo il pomeriggio di buon'ora: davanti papà con il camion grande e la roulotte al seguito, dietro la mamma con il rimorchio per i cavalli, poi la signora Adelmann anche lei con il rimorchio e infine Liam al volante del camion piccolo. Purtroppo Melike non poté venire con noi perché, con suo grande disappunto, doveva andare dai suoi parenti in Turchia per il matrimonio di un cugino.

Al nostro arrivo trovammo un gran fermento. Nella maestosa campagna di Ochsenwiese si erano radunati i migliori saltatori e cavalieri di dressage di tutta la regione; i cavalli venivano scaricati e portati nei tendoni, c'erano camion che andavano di qua e di là, il responsabile della scuderia girava dappertutto con una cartellina sotto il braccio cercando di mettere ordine al caos. La mamma aveva prenotato dodici box, anche se in realtà con Calvador, Cornado, Intermezzo, Cotopaxi, Mister Magic, Nevertheless, Fritzi, Qantas, Circle of Life, Ronalda e Quintano, di cavalli ne avevamo portati solo undici. Nel box vuoto allestimmo la selleria e il deposito del foraggio. Liam e Christian scaricarono gli armadietti dai camion, la mamma e io caricammo le balle di fieno e di paglia su una grossa carriola e le portammo alla scuderia. Per noi erano operazioni di routine, e dopo due ore era tutto a posto.

Papà pensò alla corrente per la roulotte e poi andò al banco delle iscrizioni.

Cercai in tutti i modi di vedere Tim. Era impossibile non notare il loro nuovo camion, enorme, fermo all'inizio del parcheggio; in uno degli altri tendoni avevo visto i cavalli degli Jungblut, ma fino a quel momento non avevo ancora incrociato lui né suo padre o Ariane. Andammo a farci la doccia, ci cambiammo e poi ci trasferimmo nel maneggio coperto, in cui gli organizzatori avevano preparato una festa di benvenuto con un gruppo a cappella tremendamente fuori moda e un buffet dall'aria piuttosto appetitosa.

I miei incontrarono un mucchio di conoscenti e a un tavolo vidi i genitori di Tim insieme con quelli di Ariane, Gasparian e un altro paio di persone. Sembravano tutti di ottimo umore, bevevano spumante e ridevano sguaiatamente. Ariane era seduta vicino alla mamma, agghindata come al solito, e digitava annoiata sul suo cellulare, probabilmente già uno nuovo. Io ero troppo eccitata per riuscire a mangiare qualcosa. Christian era seduto con i suoi amici e un paio di ragazze a un tavolo nei pressi del bar e non dava l'impressione di volersi alzare di lì a breve per tenermi d'occhio. E dato che decisamente Tim non era alla festa e c'era un po' troppo chiasso e anche troppo caldo per i miei gusti, uscii all'aperto. Respirai a fondo l'aria fresca e tirai fuori il cellulare.

"Dove sei?" scrissi a Tim.

"Al tendone scuderia, da Fritzi" mi rispose nel giro di qualche secondo.

Attraversai lo spiazzo di corsa. La notte era mite, il cielo scuro e la luna piena spandeva un bagliore luminoso tutto attorno. In piena corsa, svoltai l'angolo all'altezza della torre dei giudici e al buio andai a sbattere contro qualcuno che sembrava avere fretta quanto me. Atterrai dolorosamente sul didietro e con la coda dell'occhio vidi un'altra ombra allontanarsi in tutta fretta.

«Ahia!» dissi imbarazzata sfregandomi la spalla.

«Accidenti!» ribatté l'uomo con cui mi ero scontrata. Riconobbi Liam. Che cosa ci faceva lì? Con chi stava parlando?

«Ahi... io... ero andato a dare un'occhiata ai cavalli» balbettò adesso sebbene io non gli avessi chiesto niente e in realtà neppure mi importasse di quello che faceva. «Stai bene?»

«Sì, sì, tutto bene» risposi rialzandomi. «Vado a dormire».

«Come mai?» Adesso sorrideva di nuovo. «La festa è noiosa?»

«La musica è davvero tremenda, comunque divertiti» gli dissi.

«Grazie. Buonanotte».

Rimasi a guardarlo mentre si allontanava. Stavo per andare anch'io quando vidi per terra qualcosa di metallico. Un mazzo di chiavi! Mi chinai e lo raccolsi. Doveva averlo perso Liam quando ci eravamo scontrati.

Dato che non avevo tempo e voglia di corrergli dietro, lo tenni. Avrei sempre potuto darglielo più tardi.

Tim mi aspettava dai nostri cavalli, davanti al box di Fritzi. Alla debole luce dell'illuminazione notturna vidi i suoi denti scintillare bianchi mentre mi sorrideva. Un attimo dopo ero fra le sue braccia e sentivo le sue labbra sulle mie. Il cuore mi batteva forte per la felicità.

«Vieni» mi disse prendendomi per mano. «Allontaniamoci di qui prima che arrivi qualcuno».

Augurammo a Fritzi la buonanotte e uscimmo dal tendone tenendoci per mano. Il custode notturno con il suo cane pastore avrebbe badato a Fritzi e a tutti gli altri preziosi cavalli.

Imboccammo una stradina che portava al laghetto lì vicino. La luna inondava il paesaggio di una luce irreale. Da lontano ci arrivavano brandelli di musica e di risate.

«Non riesco davvero a capire che cosa ci sia da divertirsi a starsene schiacciati in un posto dove manca l'aria» dissi. «Sai che festa!»

«Anch'io ne faccio volentieri a meno». La voce di Tim era sprezzante. «Se ne stanno tutti lì a rimpinzarsi, a vantarsi dei loro successi e a raccontare delle loro gesta, che man mano che si ubriacano diventano sempre più fantastiche. Mio padre ci va matto».

Eravamo arrivati alla riva del lago. Piccole onde si infrangevano sulla spiaggetta con un lieve sciabordio. La sabbia era morbida e ancora calda per il sole. La luna tonda si rifletteva sullo specchio argenteo, le rane gracidavano. Tra l'erba alta friniva un grillo. Tenendoci per mano, ci godemmo la magia di quella serena notte d'estate. Mi tolsi le scarpe da ginnastica e affondai le dita nude nella sabbia.

«È così che immagino una vacanza» dissi con un sospiro felice.

Da noi le vacanze non esistevano. L'estate in una tenuta era il momento di massimo lavoro: raccogliere paglia, fare il fieno, partecipare ai concorsi.

«Neanch'io ho mai viaggiato» disse Tim chinandosi su di me per baciarmi. «Quando saremo più grandi, partiremo insieme, va bene?»

«Oh, sì!» Sorrisi. «Voglio andare in America, a vedere le Montagne Rocciose. E poi il Sahara. Tu dove vorresti andare?»

Tim si sdraiò accanto a me, la testa appoggiata sulla mano. «In Inghilterra. Dove hanno girato i film di Harry Potter. Oppure ai Caraibi».

Continuammo a sognare, a immaginare quello che avremmo potuto fare da adulti. Raccontai a Tim dei nostri nuovi clienti, dei pazienti di Lajos, di Fritzi: in una parola, fu una serata perfetta. La luna si muoveva lentamente nel cielo.

A un tratto sentii squillare il cellulare. Sussultai per lo spavento. Avevamo completamente perso la cognizione del tempo: era già mezzanotte passata!

La mamma sembrava piuttosto preoccupata, voleva sapere dov'ero.

«Sono stata a dare un'occhiata a Fritzi» risposi per non dire una vera e propria bugia.

Ci alzammo in fretta e tornammo ai tendoni.

«Ah, a proposito, ho detto a mio padre che dopo le vacanze voglio continuare la scuola» mi disse Tim.

«E lui?»

«All'inizio mi ha riso in faccia, poi si è messo a urlare che non se ne parlava, che adesso sono abbastanza grande per dare una mano sul lavoro dopo che non ho fatto un bel niente per sedici anni». Tim sbuffò. «Se lo sogna. Dopo le vacanze torno a scuola e faccio la maturità».

Gli strinsi la mano. Tim se la passava molto peggio di tutti gli altri ragazzi che conoscevo. Mio padre non avrebbe mai preteso che Christian lasciasse la scuola per lavorare alla tenuta!

Poco prima di arrivare ai camion ci fermammo e ci abbracciammo un'ultima volta.

«Che cos'hai in tasca?» mi chiese Tim.

Solo in quel momento mi ricordai del mazzo di chiavi. Gli raccontai dello scontro con Liam.

«Probabilmente dorme già» dissi con una scrollata di spalle. «Gliele restituisco domani mattina presto».

La mamma mi aspettava alla roulotte, dove avrei dormito con lei e papà. Christian dormiva nella cuccetta del camion piccolo, Liam in quella del camion grande. Tolsi la suoneria al cellulare ed entrai nella roulotte. La mamma aveva già fatto i letti e io mi spogliai in fretta e mi infilai sotto la coperta. Solo a quel punto mi accorsi di quanto ero stanca. I miei parlarono sottovoce ancora per un po' e io avrei voluto pensare a Tim e ai nostri progetti, ma dopo qualche minuto dormivo già della grossa.

Nel cuore della notte trasalii insonnolita e urtai la testa contro uno degli armadietti. Mi ero completamente dimenticata che non ero nel mio letto.

«Ahia!» sussurrai sfregandomi il punto dolorante. Dal finestrino semiaperto arrivò un soffio di aria fresca. I miei occhi si abituarono alla debole luce diffusa nel parcheggio da un unico lampione. Sull'altro lato della roulotte distinsi le sagome dei miei genitori addormentati. C'era silenzio, si sentiva solo il tranquillo russare di papà.

A un tratto fuori dal finestrino ci fu un movimento, una mano che si introdusse e mi toccò.

«Elena!» sussurrò una voce.

Spaventata, mi scostai di scatto, ma la brandina era così stretta che caddi per terra con un gran tonfo, e immediatamente i miei si svegliarono. Ammiccai alla luce abbagliante.

«Elena, ma che cosa succede?» mi chiese mio padre con voce insonnolita.

«C... c'era una mano!» balbettai. «Mi ha toccato e qualcuno mi ha chiamato per nome!»

«Sarà stato qualcuno che voleva farti uno scherzo, oppure è stato solo un sogno» mormorò papà sbadigliando.

Anche la mamma non parve prendere la cosa troppo sul serio.

«Chiudi il finestrino e basta» disse solo tornando a coricarsi.

Fantastico! Avrebbero potuto ammazzarmi e quei due continuavano a dormire come se niente fosse!

«Qui dentro ci soffoco» ribattei con la voce che tremava. «Non potreste andare a dare un'occhiata fuori?»

«Uhmmm» fu la sola risposta. Poco dopo papà russava di nuovo. Sentii il cellulare vibrare, il display brillò nel buio.

"Non volevo spaventarti" scriveva Tim. "Puoi uscire un momento? Sono vicino ai vostri camion".

Mi infilai i jeans e le scarpe da ginnastica cercando di non fare rumore. Poco dopo strisciavo nel buio fra le roulotte e i camion. Intanto la luna era stata coperta da un paio di nuvole e dovevo fare attenzione a non inciampare in qualche cavo elettrico.

«Psst!» Tim era dietro il nostro camion grande e mi chiamava a gesti.

«Che cosa ci fai qui fuori?» sussurrai. «Cavoli, mi hai fatto prendere uno spavento!»

«Scusa. Sono dovuto uscire un attimo e ho visto una cosa. Due persone che si aggiravano attorno alla torre dei giudici esaminando il terreno con le torce. È lì che stanotte ti sei scontrata con Liam, giusto?»

«Sì». Lo fissai con gli occhi sgranati. «Dici che cercavano il mazzo di chiavi?»

«E che altro?» Al buio potei immaginare più che vedere il cenno di assenso di Tim. «L'altro era arrabbiato nero con Liam. Hanno litigato, naturalmente a bassa voce, e poi il tizio lo ha spinto contro il muro della torre e lo ha minacciato».

«Li hai riconosciuti?»

«Soltanto Liam, l'altro no».

«Ma perché cercano un mazzo di chiavi nel cuore della notte?» chiesi, e improvvisamente mi sentii rabbrividire.

«Forse dentro c'è una chiave importante di cui hanno bisogno subito» ipotizzò Tim.

Rimanemmo a pensare un po' in silenzio.

«Liam si ricorderà che ci siamo scontrati» bisbigliai con la voce che tremava. «Se la prenderà con me».

A un tratto Tim mi prese per le spalle. «Attenta, arriva qualcuno».

Si avvicinarono dei passi sommessi. Non osavamo quasi respirare. Qualcuno aprì la porta della cabina, si accese la luce e riconobbi Liam. Salì sul camion e cominciò a parlare al telefono. Tim e io ascoltammo, ma parlava inglese, in fretta e a bassa voce, perciò non riuscimmo a capire una parola.

«La chiave del vostro camion ce l'ha ancora» osservò Tim. «È davvero strano. Allora a cosa serve il mazzo che ha perso?»

Ci scambiammo un'occhiata. Si avvicinarono altri passi e ci affrettammo ad abbassarci. Qualcuno si fermò alla portiera del camion e bussò piano. Poco dopo Liam l'aprì dall'interno. Per un paio di secondi un bagliore luminoso fuoriuscì all'esterno e sentii Tim trattenere il fiato. L'uomo sparì nel camion, la portiera si richiuse. Tim rabbrividì.

«Che cosa ti prende?» gli chiesi spaventata.

«Quel tipo lo conosco» rispose lui a bassa voce.

«E allora? Chi è?»

Tim esitò un istante.

«Non so come si chiami, ma poco tempo fa è stato da noi alla tenuta con Gasparian e il tizio sorridente» disse poi. «Sono sicurissimo che faccia affari loschi. Lo trovo inquietante».

Io trovavo Gasparian più inquietante di chiunque altro.

«Ma Liam che cos'ha a che fare con uno così?»

«Appunto, è quello che vorrei sapere anch'io» disse Tim.

Il mattino dopo fui svegliata dalla luce del sole. La notte prima ero convinta che non sarei più riuscita a chiudere occhio, e invece mi ero addormentata in un attimo. Sbadigliando cercai a tastoni il cellulare. Sei e dieci. Papà era già fuori, la mamma invece era ancora a letto.

Mi alzai, mi vestii senza fare rumore e uscii dalla roulotte. Quando poco dopo mi avviai insonnolita verso il tendone scuderia, la nostra avventura notturna mi pareva un sogno strampalato. Dopo che lo sconosciuto era salito nel nostro camion per parlare con Liam, Tim mi aveva accompagnato alla nostra roulotte e aveva aspettato fuori che gli passassi dal finestrino il mazzo di chiavi. Il suo piano era abbandonarlo da qualche parte dove Liam potesse trovarlo.

Entrai nel tendone. Proprio davanti a me c'era Liam, impegnato a dosare la razione mattutina di foraggio per i nostri cavalli. Sentii una scarica di adrenalina.

«Ciao» mi salutò cordiale come sempre. Non aveva per niente l'aria di qualcuno che di notte si incontra di nascosto con persone sospette. «Ti sei alzata presto oggi».

«Sono troppo eccitata, non riuscivo più a dormire» gli risposi.

Lo aiutai a foraggiare i cavalli e a pulire i box. Liam si comportava normalmente, fischiettava e mi trovai a dubitare del sospetto di Tim che facesse affari con tipi loschi.

Papà arrivò con l'ordine di partenza della gara di salto; indossava già i pantaloni bianchi e gli stivali e aveva portato un caffè a Liam. Aspettai che i cavalli finissero di mangiare, poi tirai Fritzi fuori dal suo box, gli rifeci le trecce che durante la notte si erano sciolte e lo strigliai a dovere.

A poco a poco nei tendoni tutto attorno si risvegliò la vita. Ovunque ci si occupava del foraggio, si spalava letame, si strigliavano e sellavano i cavalli. La prima gara della giornata era alle otto.

Arrivò anche la mamma, che andò a fare colazione con papà. Io non avevo fame, e poi speravo di poter parlare un momento con Tim. Anche Liam andò a fare colazione e di sicuro Christian era ancora in coma nella cuccetta del camion, dopo avere fatto baldoria con i suoi amici fino alle ore piccole.

Strigliai anche Circle of Life e Qantas.

«Ciao» disse improvvisamente Tim alle mie spalle. Era un maestro nell'avvicinarsi di soppiatto.

«E allora? Tutto a posto con le chiavi?» gli chiesi guardandomi attorno con circospezione.

«Certo, non preoccuparti» mi disse con un sorriso.

Tim aveva lasciato il mazzo di chiavi per terra nella nostra selleria provvisoria e ci aveva sparso sopra un po' di segatura.

«Però prima gli ho fatto una foto con il cellulare» concluse. «Chi lo sa, magari potrà tornare utile!»

«Mah, secondo me ti sbagli» ribattei. «Liam si è comportato normalmente e...»

«Io di quello non mi fido» mi interruppe Tim.

«Non lo puoi sopportare solo perché a Viernheim mi ha abbracciata...» dissi continuando a spazzolare la coda di Qantas.

«È vero solo in parte» ammise Tim. «Però Liam è stato un paio di volte alla tenuta da noi. L'ultima volta una settimana fa, più o meno».

Abbassai la striglia. «E che cosa ci faceva?»

«Non ne ho idea». Si strinse nelle spalle. «Io ero fuori a cavallo. Ha parlato con mio padre e poi è andato via».

Dall'altro lato del tendone entrò qualcuno. Tim sparì così in fretta che sembrò essersi dissolto nell'aria e io rimasi sola con i miei pensieri. Non dubitavo di quello che raccontava Tim. E di sicuro papà non era al corrente che nel tempo libero Liam andava in giro per il *Sonnenhof*, e ne sarebbe stato tutt'altro che entusiasta.

Ero davvero delusa, perché Liam mi piaceva. Se avessi detto a mio padre che parlava con Richard Jungblut, lo avrebbe cacciato, questo era sicuro. Però aveva bisogno di lui, finché Jens non fosse tornato al lavoro. Ero in un bell'impiccio e decisi che per il momento me ne sarei stata zitta e avrei tenuto d'occhio Liam.

Anche questa volta Fritzi vinse la gara di livello medio con un punteggio straordinario, ma non ebbi il tempo di rallegrarmene come avrei voluto, perché subito dopo cominciava la prima prova di qualificazione per noi juniores e io era la settima in partenza in sella a Quintano. Il percorso era lungo e piuttosto impegnativo, ma in fondo quelli erano i campionati regionali, non un concorso qualsiasi.

Christian, con gli occhi rossi e gonfi, aveva l'aria di non avere dormito molto, e i suoi amici non avevano un aspetto migliore. Ecco che cosa succede a fare baldoria fino alle ore piccole!

Tim, il cavaliere con il punteggio più alto della classifica, era l'ultimo a partire, e il regolamento prevedeva che non potesse cavalcare i cavalli con cui aveva già vinto le gare di livello facile, ma anche con un animale relativamente inesperto come Cascade de la Licorne rimaneva comunque il favorito incontrastato.

Anche Ariane era già pronta nella pista di riscaldamento con Con Amore. Avrebbe gareggiato subito dopo di me.

Passando scorsi un'occhiata che un uomo scambiava con mio padre. Era un tipo alto con le spalle larghe, il viso spigoloso e capelli biondi e radi in cui si intravedevano ciocche grigie. Lo avevo già notato prima perché per tutto il tempo durante la gara di salto era rimasto piantato fra la pista di riscaldamento e il recinto di gara e non aveva tolto gli occhi di dosso a Fritzi. Rallentai per stringere il sottopancia, e intanto colsi qualche scampolo di conversazione. L'uomo parlava tedesco, ma con un accento straniero. Forse era olandese? Dalla reazione di mio padre capii che parlavano ancora di Fritzi, perché lui sorrise e scosse il capo. Poi si chinò per passare sotto le sponde ed entrò nella pista di riscaldamento.

«Fai la croce al trotto!» mi disse.

«Salto!» urlai partendo al trotto.

A quel punto Ariane portò il suo cavallo proprio davanti al mio e io fui costretta a rallentare bruscamente Quintano per non scontrarmi con Con Amore.

«E sta' un po' attenta!» urlai.

Ariane si limitò a sogghignare e proseguì al galoppo come se niente fosse. Mi venne tra i piedi altre due volte, costringendomi a deviare il cavallo subito prima del salto. Quintano si innervosì: non gli piaceva quando lo frenavo in quel modo. Ero furiosa. Ma nessuno si accorgeva che mi stava ostacolando di proposito? Quando finalmente galoppai dentro il percorso, Quintano, diversamente dal solito, era frenetico. Cercai di tranquillizzarlo, di parlargli, ma lui rimase muto.

Con molta fortuna riuscimmo a completare il percorso senza errori, ma con un tempo troppo alto. Papà comunque fu contento.

«Quella stupida di Ariane ha innervosito Quintano durante il riscaldamento» brontolai. «Non faceva che venirmi tra i piedi».

Ariane fece una gara rapida e sicura senza penalità. Né Christian né Tim riuscirono a tenerle testa, e alla fine si classificarono al secondo e al terzo posto. Io arrivai nona.

Il pomeriggio c'era la prima qualificazione dei seniores. Liam cavalcò Cotopaxi, Nevertheless e Mister Magic; papà Cornado, Calvador e Intermezzo. Sei cavalli in una gara sola erano un vero stress, e Christian e io ci ritrovammo a correre come matti fra il tendone della scuderia e la pista di riscaldamento.

In quella gara a tempo vinse il padre di Tim, con un cavallo nuovo grazie a un giro a rotta di collo, e con Mister Magic Liam arrivò a sorpresa secondo, cosa che rallegrò mio padre quasi più dei suoi piazzamenti con Calvador e Cornado.

La sera ero completamente sfinita. Era stata una giornata lunga e faticosa, ma Tim e io ci eravamo dati di nuovo appuntamento al lago.

Mi ero già fatta la doccia e mi ero cambiata per la festa al maneggio coperto quando mi arrivò un suo sms che mi guastò l'umore.

"Mi spiace, ma devo cenare con i miei. Scusa, ti chiamo poi!!!"

«Accidenti» mormorai.

Improvvisamente non avevo neppure più voglia di andare alla festa. Seguii i miei, Liam e Christian a testa bassa, ficcandomi di malumore il cibo in bocca e rimpiangendo di non poter andare a dormire. Non c'erano neppure Ariane e i suoi: probabilmente erano andati fuori con gli Jungblut. Ma neanche papà e mamma avevano granché voglia di andare alla festa e preferirono farsi una birra con degli amici.

Andai al tendone scuderia. Melike mi aveva mandato un sms: in Turchia si annoiava a morte, faceva un caldo cane ed era una vera pizza. Per fortuna sua madre si era ammalata, perciò avevano deciso di tornare a casa già l'indomani.

Sentendo i miei passi, Fritzi nitrì piano. Aprii la porta del suo box e mi sedetti in un angolo sulla segatura. Lui mi strofinò contro il muso, si fece fare due coccole ma poi tornò di nuovo al suo fieno. Sentivo la sonnolenza impadronirsi del mio corpo. Fuori si era fatto buio, riuscivo a distinguere solo la sagoma di Fritzi, che sbuffò, girò due volte su se stesso, piegò prima le zampe davanti e poi quelle dietro e alla fine si lasciò cadere anche lui sulla segatura con un sospiro. Chiusi gli occhi. I miei pensieri corsero a Tim, a Liam e al mazzo di chiavi, al misterioso olandese. Forse c'era una spiegazione semplicissima per tutto quanto. Non riuscivo a immaginare che Liam potesse fare qualcosa di nascosto...

A un tratto sussultai. Dovevo essermi appisolata per un po', perché adesso era buio pesto. Di sicuro i miei mi stavano già cercando. Stesi le gambe e stavo per alzarmi quando sentii dei passi.

Fritzi, che si era già rialzato, ascoltava attento nel buio e smise di ruminare. I passi si fermarono proprio davanti al suo box. Mi premetti contro la sottile paratia e trattenni il fiato. Chi poteva essere? Se qualcuno voleva dare un'ultima occhiata a uno dei suoi cavalli, gli bastava girare l'interruttore della luce, non aveva bisogno di arrivare di soppiatto al buio. E non era qualcuno che Fritzi conoscesse, perché in quel caso avrebbe grugnito piano e non sarebbe stato così teso.

I secondi passarono, diventarono minuti. In quel momento sentii delle voci avvicinarsi.

«... sarà senz'altro da Fritzi» riconobbi la voce di Christian. I tubi al neon lampeggiarono e si accesero e poco dopo davanti al box arrivarono papà, Christian e Ilona Adelmann. Fritzi si rilassò sbuffando.

«Elena, eccoti qui!» esclamò papà aprendo la porta del box. «Eravamo in pensiero. Perché non hai il cellulare con te?»

«Sì che ce l'ho» risposi sbattendo le palpebre alla luce. «Solo che avevo tolto la suoneria. E poi mi sono addormentata».

Christian scambiò un'occhiata con Ilona. Bambine e cavalli: ridicoli!

«Be', noi possiamo tornare alla festa, la principessa è saltata fuori».

«Divertitevi» disse papà.

Mi rialzai un po' a fatica e mi spazzolai la segatura dai vestiti.

«Papà, prima c'era qualcuno fuori dal box di Fritzi» dissi. «Mi sono svegliata perché ho sentito dei passi. È rimasto qua fuori per un po' a guardarlo».

«Ma era buio pesto» ribatté papà sorpreso. «Sei proprio sicura?»

«Sì. L'ho sentito respirare. E Fritzi era nervoso. E quello sconosciuto è andato via solo quando voi avete acceso le luci».

Sicuramente papà non poté fare a meno di pensare ai ladri di cavalli, che com'era ovvio in quei giorni erano oggetto di discussione ovunque.

Andammo a controllare anche gli altri animali e riempimmo i secchi d'acqua di Cornado e di Qantas.

«Vieni» mi disse poi papà cingendomi le spalle con un braccio. «Andiamo a dirlo al responsabile delle scuderie perché controlli che sia tutto a posto».

CAPITOLO 16

Il sabato io e Quintano avevamo commesso un errore, ma in classifica eravamo al sesto posto perché Ariane di errori ne aveva fatti ben due, e anche altri con un tempo migliore del nostro erano incorsi in penalità. Tim vinse la seconda gara di qualificazione e così salì in testa alla graduatoria, seguito a pochissima distanza da Christian con Ronalda.

La finale ebbe luogo domenica sul tardi. Il signor Nötzli era arrivato la sera prima ed era stato molto felice dei successi dei suoi cavalli, perché sabato anche Liam si era piazzato molto bene con Mister Magic, arrivando al quarto posto. Tra i seniores era in testa Richard Jungblut davanti a Bernd Herbert, Frank Wagner e mio padre. Il mattino presto papà aveva conquistato con Fritzi la qualificazione per i campionati nazionali e vinto tutte e tre le gare riservate ai cavalli sotto i sei anni.

Nella pista di riscaldamento Quintano sembrava stare benissimo e anche la nostra intesa era tornata quella di prima. Era vispo e pieno di energia e un paio di volte sgroppò esuberante: un ottimo segno! Il responsabile del percorso aveva disegnato un tracciato non troppo difficile per gli juniores, e prima che arrivasse il mio turno, visto che ero la sestultima a partire, al barrage decisivo si erano qualificati in quattordici.

A mezzogiorno si era già fatto un caldo insopportabile. Non c'era un filo d'aria, il prato sembrava di cemento. L'atmosfera nella pista di riscaldamento era tesa: tutti sapevano quanto era alta la posta in gioco.

Ariane mi aveva di nuovo presa di mira, ma questa volta ero preparata contro gli attacchi scorretti. Quando cercò di tagliarmi la strada verso l'ostacolo, proseguii imperterrita con Quintano e saltammo il verticale quasi contemporaneamente.

«Ehi, tu!» urlò il giudice responsabile della pista di riscaldamento chiamando a sé Ariane. «Devi fare un po' più di attenzione, signorina Teichert! Elena aveva gridato: "Salto!". Non puoi infilarti in mezzo in quel modo. Te l'ho già visto fare qualche altra volta. Bada che la prossima ci saranno conseguenze».

«Bah!» fece Ariane contraendo il viso in una smorfia.

«Come hai detto?» ribatté secco il giudice.

«Chiedo scusa» sibilò lei a denti stretti. «Non si ripeterà».

Mi infilai la giacca: c'era solo un altro concorrente prima di me. Christian e Tim saltavano alternativamente l'oxer e il verticale. Mio fratello, distratto da Ilona, non si curava di Tim.

L'arena era già piuttosto gremita nonostante fosse ancora presto: anche noi juniores avevamo i nostri fan. La sbarra si alzò ed entrai in pista. Quando salutai i giudici, il cuore mi batteva forte. Suonò la campana, il percorso era libero. Accorciai le redini e spronai il mio cavallo al galoppo. Con le orecchie ritte, Quintano galoppò verso il primo ostacolo. Era semplicemente splendido! Gli zoccoli non toccarono neppure un elemento, al contrario dei due giorni precedenti era attentissimo e sentiva il morso perfettamente. Cavalcarlo era un piacere. Quando arrivammo al traguardo senza neppure un errore, scrosciò un applauso.

«Anche il numero 388 ha completato un percorso netto con un tempo di 61,8 secondi e si qualifica per il barrage successivo» annunciò l'altoparlante.

Ariane, che gareggiava immediatamente dopo di me, mi passò davanti senza guardarmi. Allentai il sottopancia e lasciai la briglia lunga. Dalla pista di riscaldamento avevo una buona visuale sul percorso e osservai Ariane che con Con Amore trasformava gli ostacoli in schegge. Già al salto numero due il castrone spazzò via i due elementi dell'oxer, quindi travolse anche i verticali seguenti. Era troppo veloce e Ariane aveva il suo bel daffare a rallentare il ritmo.

«Per il numero 83 un tempo di 62,7 secondi con 24 punti di penalità».

Ariane uscì al galoppo dal percorso con il viso paonazzo. Spronò rabbiosa Con Amore tirandogli il morso. Il cavallo abbassò le orecchie e schizzò in avanti.

«Ehi, è meglio se con Con Amore non fai così» sentii dire Tim accanto a me.

Anche Ariane parve rendersi conto di avere improvvisamente perso il controllo del suo cavallo, che galoppava sfrenato nella pista di riscaldamento. Ariane tirava e strattonava, ma Con Amore non reagiva più e andava sempre più veloce.

«Aiuto!» gridò disperata.

«Fa' una volta» le urlò mio padre che era ancora vicino ai salti di prova.

«Non ci riesco!» ringhiò Ariane tirando la briglia con tutte le forze.

Tutti noi rallentammo i nostri cavalli. Un animale sfrenato costituisce un pericolo, perché quando seicento chili vanno fuori controllo c'è il rischio di incidenti.

Richard Jungblut era all'esterno dell'arena, vicino ai genitori di Ariane, che per lo spavento erano bianchi come un cencio. Ariane non riuscì a impedire al cavallo imbizzarrito di saltare fuori.

E poi vidi papà. Corse dritto verso il cavallo, afferrò le briglie e diede un violento strattone al morso. Con Amore ruotò su se stesso e si fermò.

«Scendi!» ordinò secco, e Ariane obbedì.

Il castrone baio, sconvolto, stava fermo di fianco a papà con gli occhi fiammeggianti e i fianchi ansanti, le orecchie basse per la paura. Probabilmente aspettava di essere colpito, ma mio padre gli accarezzò il collo sudato e gli disse qualche parola sommessa per tranquillizzarlo. Ariane piangeva.

«Non ti si dovrebbe lasciar avvicinare più a un cavallo!» sentii la voce furiosa di mio padre. «Come puoi spronare in quel modo questa povera bestia?»

Ariane girò sui tacchi imprecando.

Dato che Tim era in sella e i genitori di Ariane avevano paura dei cavalli, volente o nolente toccò a Richard

Jungblut attraversare la pista di riscaldamento e prendere il cavallo da mio padre. Non lo ringraziò neppure e si tirò dietro Con Amore verso la scuderia.

«È stato davvero coraggioso» osservò Tim vicino a me. Era sinceramente impressionato. E io mi sentii orgogliosa di mio padre.

Il barrage era un'occasione emozionante. Anche se gli ostacoli erano piuttosto alti, tutti cercavano di stare nel tempo prefissato.

Quando entrai nel percorso per terzultima, sapevo di dover concludere in meno di 45,3 secondi se volevo avere una qualche possibilità di vincere la gara. Quintano mi segnalò di essere pronto. Stringeva il morso e saltellava carico di energia.

Incominciammo molto veloci la gara e riuscimmo a fare una curva strettissima che fino a quel momento nessuno aveva osato. E non persi tempo neppure a riprendere il mio cavallo prima dell'ultimo oxer: proseguii semplicemente al galoppo e con un salto possente Quintano superò l'ultimo ostacolo.

L'applauso fu sfrenato. Il cronometro si era fermato su 41,8 secondi!

All'uscita Christian mi venne incontro con uno sguardo tetro e risoluto. Per lui era in gioco la vittoria ai campionati, doveva rischiare il tutto per tutto, perché dopo di lui in gara restava soltanto Tim. Rimasi a guardare con il fiato sospeso mio fratello partire con Ronalda di gran carriera. Dipendeva forse dal fatto che Ilona lo stava guardando con le dita incrociate?

Ronalda era una cavalla veloce e navigata che saltava il minimo indispensabile e non perdeva tempo.

Tim aveva portato il suo cavallo nel corridoio di ingresso vicino a Quintano.

«È più veloce di te» osservò.

«Spero che vinca, perlomeno poi sarà di buon umore» risposi.

«Ehi, un momento. Poi gareggio ancora io» mi fece notare Tim.

«E spero ancora di più che vinca tu» dissi piano.

Applausi, fischi, Christian strinse trionfante il pugno. Aveva battuto il mio tempo di tre decimi.

Ma ora era la volta di Tim, il favorito e il più forte rivale di Christian. Al suo ingresso, tutto attorno alla pista calò un silenzio di tomba. Se avesse avuto Juke Box o Tanot de Chardin, Christian non avrebbe avuto alcuna possibilità, ma con il cavallo nuovo Tim non poteva ancora correre il minimo rischio. Fu comunque veloce. Ancora in sella, mi sorpresi a incrociare freneticamente le dita per lui, ma non servì a nulla: quando all'ultimissimo ostacolo Cascade de la Licorne fece cadere l'elemento dell'oxer, in tribuna corse un mormorio di delusione.

Nella pista di riscaldamento Christian gioì: era il campione regionale della categoria juniores! Tim era secondo e a me rimaneva un impensabile quarto posto, ma ero felicissima di Quintano e di me stessa.

Dopo la premiazione, papà stappò lo spumante e il signor Nötzli si congratulò con me per la mia splendida gara. In quanto proprietario di Quintano, era molto soddisfatto.

Per festeggiare non ci restò molto tempo. Prima che alle tre cominciasse il Gran Premio, volevamo avere caricato tutto quanto in modo da poter partire subito dopo la premiazione. Nelle scuderie e nel parcheggio regnava il caos. Molti stavano già partendo, ovunque c'erano camion in manovra, armadietti che venivano spostati di qua e di là e cavalli caricati.

La mamma stava già attaccando la roulotte alla jeep. Io scioglievo le trecce alle criniere dei cavalli che non dovevano più gareggiare. Al Gran Premio, per il quale si erano qualificati i trenta migliori cavalieri delle gare precedenti, avrebbero partecipato solo Calvador, Cornado e Mister Magic.

Christian era su di giri. Fischiettava allegro mentre spingeva il proprio armadietto fuori dal tendone per caricarlo sul camion piccolo; con le cuffiette addosso, ascoltava a tutto volume i Billy Talent.

Io stavo caricando sulla carriola il fieno e i secchi di foraggio quando vidi un enorme camion blu uscire in retromarcia dal tendone vicino. E vidi che mio fratello non se ne era accorto.

«Christian!» urlai.

Lui non reagì, e continuò a camminare mentre quel bestione puntava dritto su di lui. Lasciai cadere tutto quanto e mi misi a correre, ma Christian era troppo lontano, non sarei mai arrivata in tempo.

Papà mi sentì gridare e uscì dal tendone seguito subito dopo dalla mamma. Anche loro si misero a correre gridando. L'autista del camion non vide e non sentì nulla. Christian era dietro di lui, nell'angolo cieco, non poteva vederlo. Ero in preda al panico più totale. A meno che non fosse successo un miracolo, nel giro di tre secondi mio fratello sarebbe stato schiacciato.

Tim arrivò proprio al momento giusto. Prima non lo avevo notato, ma ora lo vidi come al rallentatore prendere la rincorsa, raggiungere Christian all'ultimissimo istante, buttarglisi addosso e trascinarlo a terra con sé.

Il camion stritolò l'armadietto con un orrendo scricchiolio metallico. Tim e Christian erano fuori dal mio campo visivo. C'era gente che gridava e che correva. Sentii la mamma urlare e l'autista del camion frenare irritato. Mi coprii la faccia con le mani, non volevo vedere cos'era successo.

«E va' un po' avanti, idiota!» urlò papà all'uomo sul camion blu.

L'enorme mezzo fece un balzo in avanti e si fermò. Papà aveva una faccia da far paura, la mamma, inorridita, si era portata le mani davanti alla bocca. Io mi avvicinai lentamente, le gambe molli. Attorno all'armadietto, ormai ridotto in rottami, si era radunata una folla. Mi feci largo preparandomi al peggio. E poi... che sollievo! Tim si stava rialzando, mentre Christian era ancora steso a terra e si guardava attorno frastornato.

Papà lo raggiunse, gli strappò gli auricolari dagli orecchi e gli appioppò un ceffone. E poi lo abbracciò forte.

«Avresti potuto rimanerci secco!» gli disse con la voce che tremava. «Ma perché devi sempre andartene in giro ascoltando musica a tutto volume?»

Intanto Tim si stava spazzolando i pantaloni bianchi, che si erano strappati sul ginocchio. Sanguinava copiosamente e fece per andarsene quando papà si voltò.

«Tim! Aspetta!» gli gridò con voce roca.

Tim si fermò. La mamma superò mio padre di corsa, il viso bagnato di lacrime, e non credetti ai miei occhi quando abbracciò Tim e lo strinse forte.

«Hai salvato la vita di mio figlio!» singhiozzò. «Grazie... Grazie!»

Anche papà gli diede una pacca sulla spalla e gli porse la mano. In quel secondo l'antica inimicizia fu dimenticata. Bisognava ringraziare solo e unicamente la reazione tempestiva e coraggiosa di Tim se sotto le ruote del camion era rimasto stritolato soltanto l'armadietto e non mio fratello.

Tim sorrideva imbarazzato, a disagio per tutta quell'attenzione. Si guardò attorno. I nostri sguardi si incrociarono, il mio cuore traboccava di felicità e di tenerezza. Christian non era mai stato gentile con lui, eppure Tim non aveva esistato un istante a rischiare la vita per salvare mio fratello. Era stato incredibilmente coraggioso.

La folla si diradò, l'autista del camion si scusò più e più volte, Christian si rialzò con aria avvilita.

Fu allora che dal tendone uscì Richard Jungblut con Ariane e i suoi genitori. Vide suo figlio abbracciato dai miei genitori e il suo viso si fece di ghiaccio.

«Tim! Vieni subito qui!» urlò.

Tim sussultò. Fece un rapido cenno del capo ai miei

e si voltò per andarsene. Sembrava che il ginocchio ferito gli facesse male, perché mentre si dirigeva verso suo padre lo vidi zoppicare.

Qualcun altro doveva aver raccontato a Richard Jungblut quello che aveva fatto Tim, ma lui non ne sembrava particolarmente orgoglioso. Dalla sua espressione tetra era chiaro che avrebbe tanto voluto prenderlo a sberle e che a trattenerlo era solo la presenza di tutta quella gente.

Al Gran Premio Richard Jungblut venne eliminato al fosso con il cavallo con cui venerdì aveva vinto la gara. Liam mancò per un pelo il barrage e con una prestazione favolosa papà con Calvador si aggiudicò la gara e per la terza volta nella sua carriera portò all'*Amselhof* il titolo regionale per la categoria seniores.

Alla premiazione finale Christian e Tim erano uno accanto all'altro sul podio. Era consuetudine che i vincitori si congratulassero a vicenda, e tutti quelli che sapevano della faida fra noi e gli Jungblut si aspettavano tutt'al più una rapida stretta di mano, perciò rimasero parecchio stupiti nel vedere Christian non soltanto dare la mano a Tim, ma addirittura abbracciarlo. Le macchine fotografiche dei giornalisti scattarono e io non stavo nella pelle per la felicità. La notizia del gesto di Tim era arrivata fino all'annunciatore, che lodò calorosamente il suo intervento coraggioso e la sua presenza di spirito.

Tim mi scoccò un'occhiata e ci scambiammo un sorriso. Mi asciugai una furtiva lacrima di commozione dalla guancia e, quando alzai la testa, incrociai gli occhi scrutatori della mamma e distolsi rapidamente lo sguardo.

Per tutto il viaggio di ritorno Christian fu muto come un pesce. Anche una volta arrivati, mentre scaricavamo i cavalli non disse una parola e poi sparì subito dentro casa.

Più tardi ci riunimmo tutti alla trattoria. La nonna aveva preparato un buffet enorme, il nonno stappava bottiglie di spumante. Due campioni regionali in famiglia erano un buon motivo per festeggiare! Lajos era a tavola con noi, e poi c'erano un paio di amici dei miei, tutta la famiglia Adelmann, Kiki, Fabian e i loro genitori.

Melike era arrivata all'*Amselhof* direttamente dall'aeroporto, e quando le raccontai dell'intervento di Tim non credette alle proprie orecchie.

Christian aveva superato lo choc. Seduto vicino a Ilona, con un braccio attorno alle sue spalle, con mio stupore disse: «Credo che domani telefonerò a Tim e gli chiederò come va il suo ginocchio».

Rimasi quasi senza fiato. Melike mi rifilò un calcio sotto il tavolo. A un tratto non sopportai più quella compagnia allegra e con una scusa me ne andai, mi diressi verso il campo di salto e mi sedetti sulla panchina vicino alla rimessa in cui d'inverno venivano custoditi gli ostacoli. Twix, che aveva passato tutto il fine settimana con i nonni, mi girò attorno scodinzolando e poi saltò sulla panchina accanto a me.

"Ehi, eroe..." scrissi a Tim. "Come stai? Pensa, C. ha appena detto che domani vuole telefonarti. Sono così felice!!!"

Si era fatto buio. Due caprioli brucavano sul prato fra l'arena e il bosco, nell'aria aleggiava il profumo dell'erba appena falciata e delle rose che si arrampicavano sul muro della rimessa sbocciate in tutto il loro splendore. Era la prima volta da non so quanto tempo che non mi sentivo triste e sola. Da quel giorno in un angolino del mio cuore si era acceso un piccolissimo barlume di speranza per me e Tim. Presi il ciondolo che avevo portato al collo per tutto il fine settimana. Sentii la suoneria del cellulare.

"Sto bene, non preoccuparti" mi rispondeva Tim. "Sono ansioso. Sarebbe davvero fantastico. Ti voglio un mondo di bene, *tesorino*".

Sorrisi trasognata. *Tesorino*!

Improvvisamente Twix rizzò gli orecchi e saltò giù dalla panchina. Alzai lo sguardo e vidi la mamma.

«E allora, piccola, vuoi dirmi che cosa ci fai qui tutta sola?»

«Volevo riflettere un po' con calma» risposi.

«Ti dispiace se mi siedo vicino a te?»

«No, certo».

Mi scostai per farle posto e la mamma si sedette. Per un po' rimanemmo a guardare in silenzio i caprioli dall'altra parte del campo di salto. Ai primi due se ne erano aggiunti degli altri.

«È stato incredibilmente coraggioso, quello che ha fatto Tim Jungblut oggi» cominciò alla fine la mamma.

«Mmm» dissi solo.

«Ti piace, non è vero?» mi chiese tranquilla.

Sussultai spaventata. Mi sentii arrossire e fui felice che fosse buio. Accidenti! Forse Lajos aveva spifferato il nostro segreto?

«Ho notato gli sguardi che vi scambiate» proseguì lei, e con mia sorpresa rise piano. «Bisognerebbe essere ciechi per non vedere che vi piacete».

Non aprii bocca. I pensieri mi mulinavano nella mente come su una giostra. Che cosa dovevo dire? La verità? Tim era il figlio del nemico giurato dei miei genitori. E anche se aveva salvato la vita di Christian, non significava automaticamente che i miei sarebbero stati felici che fosse il mio ragazzo. Però alla fine mi feci coraggio.

«Sì, mamma. Tim mi piace. E molto. E io piaccio a lui. Non è come suo padre, proprio per niente. L'anno scorso è venuto a vedere il concorso del nostro circolo anche se Christian avrebbe potuto riconoscerlo. Tim ha corso quel rischio solo per me!»

La mamma mi prese una mano e la premette con dolcezza.

«Tim è... il ragazzo più simpatico che abbia mai conosciuto» proseguii. «Gli ho raccontato di Fritzi e ha avuto lui l'idea di allenarci di nascosto. Ha affittato il vecchio campo di addestramento per cani del signor Weitzel e ci ha portato degli ostacoli con il trattore. Abbiamo costruito un percorso di allenamento insieme con Melike e poi ci siamo visti là un paio di volte la settimana per allenarci».

Adesso la mamma mi guardava sconcertata.

«È tutto merito di Tim se Fritzi salta così bene» continuai. «È un allenatore fantastico. E a un certo punto abbiamo capito che... che siamo qualcosa di più che semplici amici. Però c'era sempre di mezzo Christian con quel suo stupido odio per lui e tutta questa maledetta faida di famiglia!»

Scossi il capo e ammutolii. Twix riuscì a salirmi in grembo; gli accarezzai la testa e lui ringhiò soddisfatto. La mamma sospirò.

«Come Romeo e Giulietta» disse più a se stessa che a me cingendomi con un braccio. «È chiaro che come al solito i divieti non servono a niente. L'amore è più forte dell'odio».

Mostrai alla mamma la catenina con il ciondolo e le raccontai della violenta campagna diffamatoria di Ariane sul forum della scuola e che Lajos sapeva tutto di noi due.

«Sai mamma, all'inizio Tim aveva paura di non piacere a Lajos per via di quella vecchia storia, ma invece non è così».

«Voi non c'entrate nulla» ribatté lei. «Mi sono chiesta spesso da dove venga a Christian quest'odio folle per Tim. Di sicuro c'entra la nostra antipatia per Richard, ma prima di tutto dipende dalla rivalità fra loro due. Christian vuole sempre essere il migliore, ma Tim monta meglio di lui».

«Forse adesso le cose miglioreranno» dissi speranzosa.

Intravidi la luna fare capolino dietro la sagoma scura del bosco: era uno spettacolo splendido, maestoso. Un allocco stridette. Appoggiai la testa sulla spalla della mamma.

«Lo vorrei tanto» sussurrai.

«Anch'io» rispose lei. «Per te e per Tim. Tutta questa faccenda è vecchissima. Niente potrà far tornare in vita Viola o restituire a Lajos gli anni perduti».

«Susanne?» gridò papà dalla trattoria.

«Torniamo dentro?» chiese la mamma. «Credo che sentano la nostra mancanza».

«Sì, certo».

Feci scendere Twix e mi alzai.

«Mamma» la chiamai, e lei si fermò. «Sono contenta che adesso tu sappia di me e Tim. Era orribile dovertelo tenere nascosto».

E allora lei mi strinse forte.

«Sono contenta anch'io» sussurrò. «E sono davvero impressionata da come sei brava a tenere i segreti. Chiunque altro non ci sarebbe riuscito e si sarebbe tradito da un pezzo».

Attraversammo pian piano il prato e tornammo al parcheggio, dove papà stava salutando uno dei suoi amici.

«Forse una volta o l'altra potresti invitare Tim all'*Amselhof*...» suggerì la mamma.

Per un attimo rimasi senza parole.

«Ma... e Christian? E papà?»

«Il coraggioso intervento di Tim ha un po' cambiato Christian, ne sono sicura» rispose lei con un sorriso. «E a tuo padre ci penso io, tu non preoccuparti».

Per l'eccitazione non riuscii a dormire. Solo adesso comprendevo la portata di quanto era successo quel giorno a Eschwege. Tim aveva salvato la vita a mio fratello e per farlo aveva rischiato la sua! E Christian, che ai concorsi e a scuola aveva sempre manifestato un odio rabbioso per Tim, sul podio durante la premiazione lo aveva addirittura abbracciato davanti a tutti! Non era tenuto a farlo, una semplice stretta di mano sarebbe stata sufficiente.

Nel bel mezzo dei miei pensieri, il cellulare vibrò. Babsi. Tim!

«Non crederai mai chi mi ha appena telefonato» disse lui.

«Mio fratello?»

«Proprio lui. Mi ha ringraziato per oggi. E pensa un po' che cos'altro ha detto?»

«Dimmi!»

Stavo forse sognando? Mio fratello aveva invitato Tim all'*Amselhof*!

«Ha detto che sarebbe davvero stupido che noi due non ci parlassimo, considerato che tu e io stiamo insieme...»

«No, non ci credo!» Sussultai. «Ha detto davvero così?»

«Te lo assicuro. Parola per parola». Tim sorrideva, lo sentivo dalla voce. «Non è assurdo? Se lo avessi saputo, gli avrei salvato la vita prima».

«Oh, Tim, Tim, sono così felice!» sussurrai lottando di nuovo con le lacrime, che però questa volta erano lacrime di felicità. «Quando riesci a venire?»

«Domani. Mio padre parte al mattino presto con Gasparian e il suo interprete per la Francia e il Belgio per andare a vedere dei cavalli. Ho pensato che potrei venire da voi nel tardo pomeriggio, non appena avrò finito di lavorare».

CAPITOLO 17

Il lunedì si trascinò lentissimo. Al mattino Christian era andato a Francoforte con Fabian a comprare vestiti. Io riordinai la mia stanza, uscii a cavallo con Melike, feci lavorare Fritzi alla corda, sfregai selle e finimenti e pulii il camion grande solo per far passare il tempo. Liam aveva la giornata libera, papà e il nonno erano usciti con i trattori per falciare i prati. Nei giorni seguenti il tempo era previsto stabile, ideale per la raccolta del fieno.

A pranzo non riuscii a mandare giù un boccone. Più la lancetta piccola del mio orologio si avvicinava alle cinque, più diventavo nervosa. Melike, Ilona, Kiki e io sedevamo sulla panchina sotto il grosso salice piangente vicino all'arena e chiacchieravamo dei campionati regionali e di cavalli.

Quando Fabian e Christian tornarono si unirono a noi. E poi arrivò Tim. Alle cinque in punto, svoltò nel viale di accesso in sella al suo ciclomotore e si fermò nel parcheggio. Il cuore mi batteva all'impazzata, mi girava la testa. Tim lì, all'*Amselhof*! Si tolse il casco e venne sorridendo verso di noi. Mi sentivo svenire.

«Ehi, ma è carino» disse Kiki che non sapeva nulla.

«Oh, certo, ma non è roba per te» ribatté Melike.

Christian si alzò e gli andò incontro.

«Salve, Jungblut» gli disse rilassato con un gran sorriso. «E così, hai trovato la strada».

«Ciao a te, Weiland. Sì, le tue indicazioni erano giuste».

Alzò una mano e Christian gli diede il cinque. E poi guardò me.

«Ciao, *tesorino*».

«Ciao». Ero immobile, come se lo vedessi per la prima volta. E lui che cosa fece? Venne dritto verso di me e – *tac* – mi diede un bacio. Sulla bocca.

«Ah, d'accordo. Ho capito» commentò Kiki alle mie spalle.

Christian presentò Tim agli altri, dopodiché calò un silenzio imbarazzato. Seppellire vent'anni di faida familiare non era così facile. Ancora una volta, fu Melike a salvare la situazione.

«Che ne dite se andiamo a fare il bagno in piscina?» propose. «Con questo caldo sono già mezza fusa».

«Be', in fondo sei turca, al caldo ci dovresti essere abituata» la stuzzicò Christian.

«Ho vissuto in Turchia grosso modo quanto te» ribatté lei. «Allora, chi ci sta?»

Fabian e Kiki furono subito entusiasti. Ilona volle chiamare sua madre perché poi la venisse a prendere.

«Sì, è la nostra ultima possibilità per i prossimi giorni» convenne anche Christian.

«In che senso?» chiese Tim stupito. «Le vacanze sono appena cominciate».

«Da domani si fa il fieno» spiegò mio fratello. «È tutto il giorno che mio nonno e mio padre mietono. Faremo le balle nei prati. E poi dobbiamo portarle subito al coperto. Perché, voi il fieno non lo fate?»

«No, mio padre lo compra» scosse il capo Tim.

La gita in piscina era decisa. Christian prestò a Tim un costume e un asciugamano e due minuti dopo ci dirigemmo tutti verso il bosco.

Il martedì iniziò con un sole splendente. Soffiava un'arietta leggera, non erano previsti pioggia o temporali. Alle otto eravamo tutti seduti a fare colazione nella taverna della trattoria per raccogliere le energie in vista delle fatiche della giornata.

«Ottimo!» esultò il nonno sfregandosi le mani. «Se va tutto liscio, per questa sera dovremmo avere il fienile pieno».

Arrivò la mamma. «Ha telefonato Liam. Ha l'influenza e non può venire».

«Fantastico» arricciò il naso Christian. «Mi sa che la sua è una febbre da fieno».

«Sì, non è il massimo ritrovarsi con una persona in meno, ma ce la faremo anche così» osservò nostro padre. «Adesso io e il nonno andiamo ancora a mietere i prati nella brughiera di Steinau e al campo da golf e poi ripasseremo quelli che abbiamo fatto ieri».

Diede un'occhiata all'orologio. Si udiva sempre più distintamente un rumore di motore. Ci voltammo tutti quanti: era Tim! Parcheggiò il ciclomotore, si tolse il casco e si avvicinò.

«Buongiorno» salutò con un sorriso. «Ho pensato che potessero servirvi dei rinforzi».

«Ciao, Tim». Anche mio padre sorrise e gli diede la mano, come se fosse una cosa normale vederlo lì all'*Amselhof*. «Un uomo robusto torna sempre utile. Vieni, siediti con noi e mangia qualcosa. Si comincia fra un'ora».

«Ehi, amico, meno male che sei venuto» disse Christian a Tim. «Dopo un'ora le femmine sono esauste».

«Staremo a vedere» ribattei beffarda. «L'anno scorso sei stato tu a prenderti un colpo di calore, non io».

I due ragazzi si sorrisero. Vidi papà e mamma scambiarsi una rapida occhiata. Sembravano contenti di vedere che Christian e Tim avevano sotterrato l'ascia di guerra.

«Noi andiamo. Christian, voi venite al meleto verso le dieci con il trattore piccolo e la pressa» disse papà. «Stani, Heinrich e le ragazze prenderanno le balle e le sistemeranno. E potete fare a turno a guidare».

«Posso prendere un trattore anch'io» si offrì Tim.

«Purtroppo abbiamo una sola pressa con il nastro trasportatore» disse Christian. «Certo che con due trattori faremmo prima».

Rifletterono un po' e alla fine decisero che Christian avrebbe preso il Fendt piccolo e Tim il Deutz. Stani e Heinrich avrebbero caricato le balle a mano con il forcone sul rimorchio, io e Melike le avremmo prese e sistemate sui camion.

«Ottimo». Papà annuì e finì il caffè. «Dividetevi. E prima, per piacere, mettete tutti i cavalli alla giostra».

All'inizio il lavoro era divertente. Ci alternavamo alla guida del trattore e a sistemare le balle. Stani, Tim, Christian e Heinrich caricavano le balle con il forcone perché l'unica pressa le sputava semplicemente per terra senza caricarle sul camion con il nastro trasportatore.

Di tanto in tanto volava qualche parola scherzosa, ma col passare del tempo a poco a poco tutte le voci si zittirono. Il sole splendeva impietoso nel cielo terso. Sgobbavamo accaniti, il sudore ci colava copioso sulla schiena e sul viso facendoci bruciare gli occhi. La polvere ci si appiccicava su tutto il corpo e il fieno ci pizzicava gambe e braccia. Il prato sembrava non finire mai, le balle cadevano con regolarità ai piedi miei e di Melike. Dovevamo lavorare in fretta, afferrarle per gli spaghi e impilarle una sull'altra in modo che non cadessero.

Finalmente il camion era pieno e Heinrich partì scoppiettando diretto alla tenuta. Tim si arrampicò sul fieno per raggiungerci. Ci stendemmo sopra le balle ondeggianti godendoci la pausa con gli occhi rivolti al cielo senza nubi.

«A casa non si accorgeranno della tua assenza?» gli chiesi rotolando su un fianco per guardarlo meglio.

«Sono in vacanza, e purtroppo ho scordato il cellulare» rispose sorridendo. «Che peccato!»

«Be', davvero un bel modo di passare le vacanze» lo derise Melike.

«A me piace un sacco».

Mi chinai su Tim e gli diedi un bacio. Era indescrivibilmente bello poter passare l'intera giornata con lui senza avere paura di essere sorpresa da qualcuno. Non mi ero ancora abituata a quella sensazione.

Lavorammo senza sosta per tutto il giorno, caricammo centinaia di balle di fieno sui rimorchi e poi una volta a casa le sistemammo nel fienile. Sotto il tetto dovevano esserci quaranta gradi e lavorare lì non era per niente divertente. Più tardi arrivò papà ad aiutarci.

Alla sera avevamo sistemato il fieno fresco e profumato di cinque prati e con quasi duemila balle il fienile era pieno a metà. Nei prati ce ne aspettava ancora altrettanto.

Ci sedemmo all'ombra, sfiancati, con le braccia indolenzite e la schiena dolorante. Sporchi da capo a piedi, bevemmo acqua tiepida da bottigliette di plastica. Il nonno ci passò davanti con il trattore rosso.

«Grazie al cielo» disse Christian rovesciandosi l'acqua restante sulla testa.

«Perché?» chiese Tim che non aveva capito.

«Il nonno ha caricato sul trattore la pressa per le balle rotonde» gli spiegai. «Vuol dire che abbiamo finito».

«Non credo che vostro padre voglia balle rotonde per i cavalli» osservò Tim stupito.

«Le balle rotonde non le teniamo» chiarì Christian alzandosi. «Quelle le vendiamo».

«A gente come mio padre» concluse Tim, e Christian annuì.

La mamma arrivò da dietro l'angolo battendo le mani.

«Su, su, apine operaie! Sotto la doccia. E poi a mangiare!»

«Oh, forte!» Christian saltò su senza più alcuna traccia di stanchezza. «Potrei mangiare un maiale intero dalla fame che ho!»

«Tu puoi fermarti?» chiesi a Tim.

Lui sorrise e annuì.

Quando uscimmo in terrazza freschi di doccia, il sole si apprestava a tramontare. La mamma aveva messo delle bistecche sulla griglia, e poi aveva preparato un'insalata di patate e una di pasta. Avevamo tutti una fame da lupi e ci servimmo generosamente.

Tim indossava un paio di jeans e una t-shirt di Christian. Ridevano e scherzavano fra loro come se non fossero mai stati nemici. Io me ne stavo seduta con un sorriso felice sperando che quel giorno non finisse mai. A un certo punto, però, Tim dovette andare.

«Altrimenti mia madre denuncerà la mia scomparsa alla polizia» disse.

Lo accompagnai al ciclomotore. Nel rododendro bisticciavano due merli, il caldo era diminuito, l'aria era gradevolmente tiepida e dolce. Stani e Heinrich arrivavano dal paddock con le giumente e i puledri che da quando i ladri avevano ripreso le loro scorribande venivano riportati alla scuderia tutte le sere.

«All'*Amselhof* è molto più bello che da noi» disse Tim con un sospiro.

«Domani torni?»

«Ci proverò».

Tim allungò la mano e mi sfiorò il viso. «Sei davvero in gamba, Elena. Oggi hai lavorato un sacco. Ariane non sarebbe resistita neanche un quarto d'ora!»

La sola idea di Ariane sul camion del fieno mi fece scoppiare a ridere. Risi, e Tim rise, e fu meraviglioso, perché non dovevamo più nascondere il nostro amore e forse ci saremmo rivisti già il giorno dopo.

Per tutta la settimana Tim venne all'*Amselhof* ogni mattina e ci aiutò con la raccolta del fieno. Al pomeriggio rimaneva a guardare me mentre cavalcavo Quintano o papà che saltava con Fritzi. E poi cenavamo tutti insieme. C'era anche Lajos. Papà volle sapere esattamente come avevamo allenato Fritzi. Era sinceramente impressionato, e mi accorsi che Tim gli piaceva davvero.

Il venerdì sera avevamo raccolto tutto il fieno. Eravamo seduti nella tavernetta della trattoria a mangiare fettine impanate con salsa verde e patate arrosto. Il sole aveva schiarito moltissimo i capelli di Tim, i suoi occhi azzurri splendevano nella faccia abbronzata.

«Ehi, guarda, tuo nonno!» esclamai a un tratto.

Tim sussultò e smise di sorridere. Friedrich Gottschalk stava passando vicino all'altro tavolo.

«Friedrich!» lo chiamò il nonno. «Vieni a sederti con noi».

Il nonno di Tim si avvicinò. Diede a Lajos una pacca sulla spalla e si guardò tutto attorno. E poi sgranò gli occhi.

«Oh, ma guarda un po'» disse sorpreso nel vedere

Tim seduto fra Melike, Christian e me. «Quello sembra proprio mio nipote».

«Ciao» lo salutò Tim imbarazzato e un po' nervoso.

Sapevo che negli ultimi anni aveva visto il nonno solo di rado e che non si erano quasi parlati, perché Friedrich Gottschalk non sopportava suo genero, il padre di Tim. Dopo una violenta discussione avvenuta anni prima, non aveva più messo piede al *Sonnenhof*.

«Accidenti, ragazzo!» esclamò adesso ad alta voce con il viso raggiante. «Sono davvero contento. Su, vieni dal tuo vecchio nonno!»

Tim si alzò un po' esitante e fece il giro del tavolo. Friedrich Gottschalk aveva gli occhi umidi per la commozione. Strinse Tim fra le braccia, gli arruffò i capelli e gli diede una pacca sulla spalla.

«Sono anni che seguo la tua carriera, Tim» gli disse entusiasta. «Sono davvero orgoglioso di te. Sei un cavaliere straordinario e io sono il tuo più grande ammiratore, non è vero, Ludwig?»

Mio nonno annuì sorridendo e poi proruppe in una risata. «Negli ultimi giorni tuo nipote, qui, ha sgobbato come uno schiavo. Sei un bravo ragazzo, Tim, proprio come tuo nonno».

Strizzò l'occhio al suo vecchio amico e scoppiarono a ridere insieme.

Tim era diventato paonazzo, però sembrava davvero contento.

«Su, Tim, vieni a sederti qui vicino a me. Raccontami qualcosa di te» gli disse Friedrich Gottschalk.

Ci spostammo un po' e Melike venne a sedersi vicino a Fabian. Sapevo che si sentiva un po' in colpa nei confronti di Liam perché si era innamorata perdutamente di Fabian.

«In fondo è colpa di Liam, se si ammala e lascia campo libero ad altri uomini senza lottare...» si giustificava Melike, e dentro di me le davo ragione. E comunque, Fabian era molto più adatto alla mia amica. Liam era troppo vecchio.

Gli adulti bevevano e ridevano sempre di più.

«La sapete una cosa?» annunciò a un tratto papà. «Ora che abbiamo riposto tutto il fieno e nelle prossime due settimane non ci sono concorsi, potrei finalmente riscattare il premio che Lagunas ha vinto a Heidelberg e andare in Irlanda».

«Ah, davvero?» sorrise la mamma. «E con chi vorresti andarci?»

«Non lo so ancora di preciso...» la stuzzicò papà, poi si chinò su di lei e le diede un bacio. «Forse con te... Ne avresti voglia?»

«Oh, sì, mamma!» gridai. «Avete sempre voluto andare in Irlanda!»

«E qui abbiamo tutto sotto controllo» aggiunse Christian.

«Be', io sicuramente sì» disse secco il nonno. «Per un paio di giorni possiamo cavarcela anche senza di voi».

«Allora?» Papà guardò ansioso la mamma. «Dublino, Cork, Millstreet, Galway. Potremmo andare a trovare Peter e Josie...»

«Non hai bisogno di convincermi» gli disse la mamma. «Sei tu quello che ha sempre troppo da fare».

«Allora è deciso? Qui ci vuole un brindisi!»

Era una tavolata allegra, io stringevo la mano di Tim nella mia ed ero la ragazza più felice al mondo.

Il giorno dopo la pacchia finì. Il padre di Tim era tornato dal suo viaggio e andò su tutte le furie quando venne a sapere che per tutta la settimana Tim non era stato al *Sonnenhof*.

«Spero che presto riparta» mi disse la sera al telefono con voce triste. «Ora che so quanto si sta bene da voi, non lo sopporto più».

«Forse la settimana prossima potresti venire di nascosto un paio di pomeriggi. Potremmo andare a nuotare in piscina con gli altri o al lago nel bosco vicino alla casetta di Lajos».

«Ci proverò...»

Dovetti accontentarmi di questo. Un paio di settimane prima sarei già stata felice di vederlo un attimo.

La settimana volò in un lampo. Il giovedì pomeriggio Tim riuscì davvero a venire all'*Amselhof*. Era una giornata calda e afosa, si stava preannunciando un temporale.

«Andiamo in piscina?» propose mio fratello.

«Oh, adesso è pienissima, stanno tutti appiccicati come sardine» rispose Melike. «Potremmo andare al laghetto, invece».

«Oh, sì!» si entusiasmò Kiki. «Mi piace un sacco!»

Anche Christian fu subito d'accordo. Da quando Ilona era partita per le vacanze, sembrava avere messo gli occhi su Kiki. In quattro e quattr'otto preparammo le nostre cose e ci incamminammo.

Mezz'ora dopo parcheggiavamo bici e ciclomotore alla casa del guardaboschi. Sicuramente Lajos non aveva niente in contrario. Ci cambiammo in veranda e corremmo al pontile. Sull'acqua, immobile e scintillante come uno specchio sotto il sole estivo, nuotavano un paio di anatre. Le fronde degli alberi si riflettevano sulla superficie del lago e in giro non si vedeva anima viva.

«Facciamo a chi arriva primo!» gridò Christian.

Tim, Fabian e mio fratello scattarono e si tuffarono di testa nell'acqua fredda e limpida. Le anatre schiamazzarono indignate girando subito al largo. I ragazzi raggiunsero l'isoletta boscosa circondata di canne al centro del lago.

Sotto i piedi nudi sentivo il legno del pontile intiepidito dal sole. Melike e Kiki si tuffarono in acqua prima di me. Io esitai e allungai cautamente un piede. Brrr, era freddissima!

«Su, Elena, vieni!» mi chiamò Melike sbracciandosi.

«È stupendo!» urlò Kiki.

Respirai a fondo, mi tappai il naso e mi tuffai con un grido. Melike e Kiki raggiunsero l'isola con bracciate eleganti, io le seguii un po' più lentamente.

«Cavoli, Elena, nuoti proprio come un'anatra zoppa» mi prese in giro Christian quando finalmente uscii dall'acqua tossendo e sbuffando.

«Non si può essere bravi in tutto» mi difesi. L'acqua non era mai stata il mio elemento preferito.

Gli altri discussero sul da farsi e decisero per una gara fino al pontile e ritorno. Tim si accorse che la cosa non mi entusiasmava in modo particolare e si offrì di fare il giudice. Christian, Fabian, Kiki e Melike si buttarono in acqua al suo segnale e rimanemmo soli. Ci cercammo un posto al sole e ci sedemmo sul terreno sabbioso.

«L'estate scorsa sono venuta spesso qui con Fritzi» dissi a Tim. «Un paio di volte siamo anche venuti a nuoto qui sull'isola».

«Davvero?»

«Sì, anche se all'inizio non volutamente» ridacchiai al ricordo. «In realtà volevo solo che Fritzi corresse un po' nell'acqua, ma poi all'improvviso si è buttato dentro e si è messo a nuotare».

«La casa del guardaboschi e il lago appartengono a mio nonno» disse Tim. «Non lo sapevo».

«Io sì» gli dissi. «Però la casetta è rimasta disabitata per anni e io e Melike abbiamo sempre fatto finta che fosse nostra. Finché non è arrivato Lajos».

«Lajos». Tim sospirò. «Lui e i tuoi sono così gentili con me. Con voi mi sento davvero a mio agio. Non ho mai avuto molto tempo per farmi degli amici. Da noi esistono solo i cavalli, il lavoro, le liti e i concorsi. Andarsene semplicemente a fare una nuotata non è mai stato possibile».

Tacemmo un momento, ascoltando le grida eccitate degli altri, che erano arrivati al pontile e adesso stavano tornando verso l'isola.

«Mmm». Accarezzai la mano di Tim. «Poco fa stavo

pensando che adesso è proprio come un tempo fra i nostri genitori, quando erano giovani. Anche loro erano sei amici: mio padre, mia madre, i tuoi, Lajos e Viola, la sorella della mamma».

«Finché mio padre non ha rovinato tutto» osservò Tim pieno di amarezza. «Il nonno mi ha raccontato che la mamma in realtà era la ragazza di Lajos. E quando poi dopo... l'incidente è andato in prigione, lei si è messa con mio padre, e il nonno non ne è stato contento».

Mi cinse le spalle con un braccio e mi strinse a sé.

«Elena, per piacere, promettimi che noi non diventeremo mai così» mi disse con voce roca.

Voltai la testa per guardarlo meglio. Negli occhi azzurri di Tim c'era un'espressione così ferita, così disperata, che mi sentii salire un groppo in gola. Avevo la pelle d'oca. Sapevo che dietro la facciata allegra e sorridente che Tim esibiva al mondo c'era molto, molto di più. Doveva lavorare come un adulto, con i suoi genitori non aveva un buon rapporto... insomma, la sua vita non era granché bella. Mi raddrizzai e gli misi le mani sulle gote. Guardando i suoi splendidi occhi mi sentii avvampare.

«Noi non saremo mai come i nostri genitori» sussurrai. «Te lo prometto».

Lui prese fiato con le labbra che tremavano leggermente.

«Allora va tutto bene» mormorò. «Basta che tu mi ami».

«E io ti amo». Annuii. «Ti amo, Tim. E sono così felice quando siamo insieme...»

Gli buttai le braccia al collo. Lui mi strinse forte. Dentro di me si diffuse un gran senso di felicità, tutti i dubbi erano svaniti. Tim mi amava, io amavo lui. Il suo cuore batteva all'impazzata come il mio. Un giorno si sarebbe aggiustato tutto.

Davanti a noi gli altri uscirono sguazzando dall'acqua e avanzarono ridendo e sbuffando fra le canne. Lasciai andare Tim. Dopo qualche secondo erano arrivati e si buttarono sulla sabbia. Christian si scrollò l'acqua dai capelli. Il sole era scomparso, si udì un rumore di tuono.

«Ho vinto io!» esclamò mio fratello.

«No, ho vinto io» lo contraddisse Fabian. «Ehi, Tim, credevo che tu dovessi fare il giudice!»

Scoccai a Tim una rapida occhiata. Il suo viso era di nuovo calmo e controllato, sorrideva come sempre e nessuno che non lo conoscesse bene avrebbe potuto immaginare quello che stava passando.

«Dovremmo tornare indietro» suggerì Melike con lo sguardo rivolto al cielo. «Si sta preparando un bel temporale».

Nuotare con il temporale era pericoloso, perciò ci affrettammo. Tim mi prese la mano. Un altro tuono. Cominciarono a cadere i primi goccioloni. Ci buttammo in acqua gridando festanti. Tim fu tanto gentile da nuotare al mio fianco. Gli altri ci staccarono e quando raggiungemmo il pontile erano già usciti dall'acqua e stavano cercando riparo nella veranda della casetta.

«Nuoti davvero come un'anatra» mi sorrise Tim.

«È... è... è veramente... meschino da parte tua» ansimai offesa sputando un po' d'acqua. «E dire che mi sono sforzata così tanto di andare veloce!»

Un lampo squarciò il cielo nero, il tuono lo seguì subito dopo facendo tremare tutto. Adesso dovevamo uscire dall'acqua davvero in fretta. Mi tenni con una mano al pontile, ma prima che potessi issarmi fuori, Tim mi venne vicino e si aggrappò anche lui.

«Vieni qui, mia piccola e dolcissima anatroccola» sussurrò prendendomi fra le braccia.

La pioggia ci scrosciò addosso come se volesse affogare il mondo intero. E lui mi baciò sotto i lampi e i tuoni e io seppi che mi sarei ricordata di quel momento anche quando avessi avuto cent'anni.

CAPITOLO 18

Papà e mamma avevano prenotato un volo per Dublino e un'auto a noleggio ed erano felici come bambini per la loro prima vacanza dopo tanti anni. La mamma fece le valigie. Raramente l'avevo vista così allegra e spensierata.

Liam tornò domenica pomeriggio. Era pallido e aveva delle ombre scure sotto gli occhi, ma era allegro come al solito. Papà era sollevato che ci fosse anche lui alla tenuta oltre a Lajos, perché i nonni erano nel Meclemburgo per tre giorni e sarebbero stati di ritorno solo il martedì sera.

Mamma e papà partirono il lunedì mattina alle otto. Lajos aspettava in macchina con il motore acceso.

«Non farei meglio a chiamare i miei perché vengano a stare qui?» chiese la mamma preoccupata. «Non sono del tutto tranquilla al pensiero di lasciarvi soli».

«Non siamo soli» ribatté Christian. «Ci sono Stani e Heinrich. C'è Liam. Lajos passa tutta la giornata qui da noi. Che cosa vuoi che succeda in un paio di giorni?»

Lajos suonò il clacson e cominciò a gesticolare.

«È meglio che andiate, altrimenti l'aereo vola in Irlanda senza di voi» dissi alla mamma.

Sospirò, abbracciò prima me e poi Christian, che alzò gli occhi al cielo sbuffando.

«Allora, niente sciocchezze, mi avete capito?» si raccomandò papà.

Annuimmo entrambi bravi bravi.

«Niente feste, niente bisticci... intesi?»

Di nuovo, annuimmo sereni.

«Vi chiamiamo quando atterriamo!» urlò la mamma dal sedile posteriore.

Finalmente salì in macchina anche papà. Rimanemmo a salutare finché l'auto non fu scomparsa.

«Oh, cavoli! Credevo che all'ultimo momento avrebbero cambiato idea e sarebbero rimasti!» esclamò Christian.

«Oppure che ci mettessero alle calcagna i nonni» aggiunsi io.

I genitori della mamma si preoccupavano sempre troppo e non si intendevano molto della tenuta e dei cavalli. Con ogni probabilità con tutte le loro paure ci avrebbero rovinato la settimana senza genitori.

Restammo lì per un po' a goderci quel senso di libertà.

«E adesso?» chiesi a mio fratello.

«Adesso per prima cosa organizziamo la festa» rispose lui fregandosi le mani. «Mi sono già messo d'accordo con Fabian e Tim. Questa sera si fa baldoria».

Melike arrivò con la bici e uno zaino pieno sulle spalle e sul portapacchi una valigia enorme.

«Che cos'hai in mente?» le chiese beffardo Christian. «Sei scappata di casa o che?»

«È solo che mi servono un paio di abiti più che a te» rispose lei secca.

Avrebbe dormito tutta la settimana con me, avevo chiesto il permesso alla mamma.

«Potresti almeno aiutarmi con la valigia».

«Come vuoi». Christian prese il manico. «Ehi, ma peserà almeno trenta chili!»

«Le signore viaggiano con molti bagagli. Ringrazia che ho lasciato in cantina la valigia per i voli oltreoceano».

Poco dopo arrivarono anche Fabian e Kiki. Andammo nella scuderia a prendere i nostri cavalli. Liam aveva già preparato Calvador e stava sellando Mister Magic. Aveva ricevuto da papà un bel carico di lavoro e in sua assenza doveva occuparsi lui dei cavalli giovani e di quelli da concorso.

Nel pomeriggio arrivò Tim. Suo padre era partito un'altra volta senza dire niente a sua madre. Lei non gli chiedeva mai che cosa facesse.

«Davvero? Vuoi dire che puoi fermarti fino a stasera?» Ero troppo felice.

«Se la mia *anatroccola* lo desidera» mi stuzzicò.

Se un altro avesse osato chiamarmi "anatroccola", probabilmente mi sarei arrabbiata, ma se era Tim a dirlo era troppo tenero.

Il trattore verde girò l'angolo scoppiettando con un rimorchio vuoto dietro. Christian sedeva al volante, Fabian teneva le lunghissime gambe piegate sul sedile ribaltabile.

«Ciao, Tim!» gridò Christian che già si sentiva il

padrone di casa. Poi si fermò vicino a noi. «Hai fatto tutto quello che dovevi?» mi chiese.

«Io sì, e tu?» risposi.

«È tutto organizzato. Vieni, Tim, salta su! Adesso noi uomini andiamo a fare la spesa».

«Un attimo» lo fermai.

«Niente discussioni» ordinò mio fratello. «Gli uomini vanno a caccia, le donne puliscono casa e cucinano».

Volevo protestare, ma Fabian e Tim sorrisero. Tim si arrampicò sul secondo strapuntino, Christian invertì abilmente la marcia e se ne andarono.

«Ma dove stanno andando?» gridò Melike di ritorno dal paddock con Kiki. Avevano portato fuori i loro cavalli e ne stavano riportando altri alla scuderia.

«Vanno a caccia» risposi io sbuffando. «Che tradotto vuol dire che vanno a Steinau al supermercato».

Kiki si diede una pacca sulla fronte con una smorfia. «I maschi!» disse. «Me lo immagino già. Torneranno con un mucchio di bistecche e di chissà cos'altro».

Lajos uscì dalla scuderia e venne verso di noi.

«E allora?» ci chiese. «Tutto a posto? Avete delle scorte o morirete di fame?»

«È tutto a posto» lo rassicurai. «Questa sera facciamo una grigliata».

«Ottimo» sorrise Lajos. «Allora buon divertimento. Adesso io me ne torno a casa. Se c'è qualche problema, basta che mi diate un colpo di telefono. Domani mattina presto parto per la Francia, ma sarò di ritorno in serata».

«D'accordo, nessun problema» gli dissi. «C'è anche Liam».

Rimanemmo a guardarlo andare via.

«Sembra un po' solo, non trovate?» chiese Melike preoccupata. «Forse avremmo dovuto chiedergli se voleva mangiare con noi. Adesso se ne starà da solo in mezzo al bosco per tutta la notte».

«Sono mesi che se ne sta da solo nel bosco e non credo che ne soffra» le ricordai.

«Non saprei. Per me sarebbe terribilmente noioso. E poi mi fanno sempre un po' compassione le persone sole» disse triste la mia amica. «Guardate un po' come se ne va. Sembra così smarrito!»

Intanto sullo spiazzo arrivò un'altra anima smarrita, Liam.

«Vorresti forse salvare anche lui?» chiese Kiki ridacchiando.

«Ehi, ragazze» ci salutò. «Io devo andare. Voi siete a posto?»

«Certo!» esclamammo io e Kiki in coro.

Gli squillò il cellulare. Liam era davvero un telefonino-dipendente. Un giorno papà aveva detto che si sarebbe dovuto trovare una segretaria che prendesse le sue chiamate. Liam rispose, alzò la mano verso di noi in segno di saluto e andò dritto alla sua auto.

«Sembra un po' pallido» constatò Melike.

«Ma lui non è solo». L'afferrai energicamente per il polso prima che avesse il tempo di partire con un'altra tirata compassionevole. «Su, venite! Dobbiamo apparecchiare e accendere la griglia prima che i nostri uomini ritornino dalla caccia».

L'idea dovette piacere a Melike, perché scordò immediatamente Lajos e Liam. Era Fabian quello che le piaceva.

«Giusto» disse abbassando lo sguardo sui suoi vestiti. «Prima però devo farmi una doccia veloce e mettermi qualcosa di decente, vestita così sembro una stracciona».

Era un'idiozia, Melike non sembrava mai una stracciona. Erano anni che cercavo di carpire il segreto di come facesse a sembrare sempre carina e ordinata in ogni circostanza. E io, accanto alla tenera e bella Melike, con la sua carnagione color miele, i grandi occhi scuri, i denti bianchissimi e i lucenti capelli neri, mi ritrovavo spesso a pensare a me stessa come a una stangona brutta e insignificante.

Come aveva giustamente immaginato Kiki, Fabian, Christian e Tim portarono a casa una quantità spropositata di carne, patatine e bibite varie. Prepararono un punch alle fragole e nel giro di qualche minuto trasformarono la cucina in un campo di battaglia.

Su proposta di Christian, organizzammo sul campo di salto un torneo di beach volley, che fu vinto da Fabian e Melike contro Christian e Kiki. Io e Tim non avemmo alcuna possibilità, perché Twix era fermamente convinto di dovermi aiutare e non faceva altro che saltarmi addosso: correva ansante per tutto il campo da gioco cercando di acchiappare la palla.

Alla fine ci sedemmo sudati e allegri in terrazza e mettemmo sulla griglia bistecche e salsicce. Mangiammo l'insalata di patate e quella di pasta direttamente dalla confezione del supermercato e spezzammo il filone di pane con le mani, cosa che con la mamma era severamente proibita.

«Ehi, ma che cosa ci avete messo in questo punch?» chiese Kiki dopo averne assaggiato un sorso.

«Prova a indovinare...» disse Christian.

«Tra un'ora saremo tutti ubriachi» sentenziò lei. «Però il vostro intruglio è davvero delizioso».

Dopo avere ripulito tutto, andammo alla scuderia. Stani e Heinrich avevano già foraggiato gli animali. Christian chiuse la grata sul retro della scuderia dei cavalli da concorso e controllò accuratamente la serratura, quindi andammo nel fienile a dare un'occhiata alle giumente, ai puledri e ai cavalli più giovani. Chiudemmo anche tutte le altre porte della scuderia e tirammo il catenaccio dall'interno. Robbie, che ci aveva seguiti nel nostro giro di ispezione, si sdraiò sul suo tappetino davanti alla porta principale della scuderia e si rannicchiò con un sospiro. Spensi la luce.

Tornammo lentamente verso casa. Al bagliore tremolante di due lanterne giocammo a carte e i più grandi bevvero il punch. Fabian si sdraiò sul divano del soggiorno e si addormentò nel giro di un paio di secondi. Christian sparì con Kiki in camera sua e Melike andò barcollando nella stanza degli ospiti vicino allo studio della mamma. Tim e io rimanemmo soli in terrazza. Avevamo assaggiato appena il punch, poi eravamo passati alla limonata.

«Perché non resti qui questa notte?» gli proposi.

«Posso?» mi chiese tranquillo con quei suoi begli occhi azzurri.

«Certo» sussurrai.

Finimmo di riordinare il tavolo e poi andammo di sopra nella mia stanza. Era troppo eccitante vedere Tim in camera mia! Ci coricammo sul mio letto. Spensi la luce e rimasi rigida come un bastone. Nessuno dei due disse niente. Sentivo Tim respirare nel buio, cercai a tastoni la sua mano. Dalla finestra aperta entrava una brezza fresca e rabbrividii.

«Hai freddo?» sussurrò Tim.

«Un po'» risposi.

«Vuoi che ti scaldi io?»

Deglutii. Il cuore rischiava di saltarmi fuori dal petto.

«Sì» sussurrai.

Tim si girò su un fianco e mi abbracciò. Sentii il suo fiato sul collo, il tepore del suo corpo.

«Buonanotte, *anatroccola*» sussurrò.

Mi riproposi di non dormire per godermi ogni singolo minuto con Tim. Volevo poterci ripensare quando fossi stata di nuovo sola. Ascoltai i suoi respiri profondi e regolari. Era straordinario, era quasi come essere sposati.

A un certo punto mi si chiusero gli occhi. Non dormire, pensai ancora, ma poi scivolai dolcemente nel mondo dei sogni.

CAPITOLO 19

Quando riaprii gli occhi un po' disorientata, dalla finestra filtrava una sottile lama di luce. C'era qualcosa di diverso dal solito.

«Ciao» sussurrò Tim.

Di colpo mi ritrovai perfettamente sveglia. Era davvero accanto a me, non lo avevo soltanto sognato.

«Hai dormito bene?» mi chiese accarezzandomi teneramente il viso.

Annuii. «E tu?»

«Anch'io».

Ci guardammo. Era incredibilmente carino, così insonnolito e arruffato.

«Devo andare. Sono quasi le cinque. Se mia madre si accorge che non sono nel mio letto, le prende un colpo». Si tirò su con una smorfia.

«Ti accompagno di sotto» gli dissi.

Tim raccolse i suoi vestiti dal pavimento, si infilò i jeans e le scarpe da ginnastica. Anch'io infilai i jeans con uno sbadiglio. Scendemmo piano piano le scale per non svegliare nessuno. Twix uscì dal soggiorno stiracchiandosi e sbadigliando. Per via di Tim avevo completamente dimenticato il mio cane!

Tim aveva solo la t-shirt e fuori faceva ancora fresco. Presi dal guardaroba una delle giacche di Christian e gliela porsi.

«Tieni, altrimenti sul ciclomotore geli» gli dissi.

Tim l'accettò sorridendo e la infilò. Davanti alla porta di casa mi strinse fra le braccia. Nella luce fioca riuscivo a malapena a distinguere il suo viso. I primi uccellini cantavano fra gli alberi.

«È stata la notte più bella della mia vita» mi disse con voce tenera accarezzandomi una guancia.

«Anche per me».

Combattevo con le lacrime, però riuscii a sorridere. Ci guardammo un po' incerti. Quello era un addio diverso da quelli sul campo di allenamento o a scuola. Era più denso di significato. La nostra prima notte insieme! Che cosa si dice in un momento così?

«Torno presto» finì per dire Tim.

«Promesso?»

«Promesso». Sorrise. «Stasera».

Mi diede un bacio, poi mi lasciò andare. Mi cinsi il corpo con le braccia. Twix si accucciò sullo zerbino accanto a me e insieme rimanemmo a guardare Tim che apriva il cancelletto e attraversava il parcheggio per andare a prendere il suo ciclomotore. Per non svegliare nessuno, lo spinse lungo tutto il viale e lo accese solo una volta arrivato al cancello della tenuta. Io rimasi davanti alla porta di casa ad aspettare che il rumore del motore si affievolisse in lontananza.

Non avevo voglia di tornare a letto, perciò cominciai a riordinare la cucina. Avevo troppe cose per la testa.

Tim era già arrivato al *Sonnenhof*? Speravo che non avesse problemi. Doveva essere davvero orribile non sentirsi a proprio agio in casa propria.

Persa nei miei pensieri, caricai la lavastoviglie e la feci partire. Poi mangiai un paio di cucchiaiate di insalata di patate, ma a quell'ora del mattino non mi andava proprio giù. Il mio sguardo si posò sull'orologio sopra la porta della cucina. Sei e cinque. Tanto valeva che andassi alla scuderia, invece di starmene seduta lì a non far niente.

Salii di sopra per prendere i pantaloni da equitazione e una maglietta pulita, mi infilai una felpa con il cappuccio e in bagno mi spazzolai i capelli. Di sotto presi dal gancio vicino alla porta di casa il grosso mazzo di chiavi di papà e uscii. Twix corse avanti.

Il sole si alzava facendo scintillare come diamanti milioni di minuscole goccioline di rugiada sul prato e sui campi. Sul tetto del maneggio coperto tubavano due colombe. L'aria era ancora fresca, ma si preannunciava una giornata calda. Una splendida e soleggiata giornata estiva… e quella sera sarebbe tornato Tim! Aprii la porta della scuderia. Grazie alla grata e alle finestre aperte dei box, lì non c'era afa. I cavalli nitrirono brontolando piano in attesa del fieno e del foraggio.

«Robbie?»

Il bovaro svizzero non era sulla sua coperta come al solito. In genere salutava il primo che entrava nella scuderia al mattino con un latrato allegro e uno scodinzolio sfrenato, ma quel giorno non si fece vedere. Strano.

Twix a un tratto cominciò ad abbaiare. Robbie giaceva a terra in mezzo al corridoio della scuderia da sei, tra l'area grooming e il settore cavalli da concorso, e non si muoveva nonostante Twix gli saltasse attorno annusandolo.

«Oh, Dio, Robbie!» Mi inginocchiai accanto a lui e lo scossi piano. La lingua gli penzolava di lato fuori dalla bocca. Aprì a fatica gli occhi iniettati di sangue e agitò stancamente la punta della coda. «Ma che cos'hai?»

Improvvisamente temetti che potesse morire. Ma poi pensai che Robbie non era mica così vecchio... E non poteva neppure avere ingoiato un'esca per i topi, perché all'*Amselhof* non ne avevamo.

«Su, avanti, alzati».

Lo tirai per il collare mettendoci tutte le mie forze. Robbie si issò sulle zampe, cercò di reggersi, ma barcollò e tornò ad accasciarsi. Twix continuava a correre avanti e indietro. Abbaiò e io lo seguii.

«Fritzi!» gridai.

Il mio cavallo non rispose. Preoccupata, mi avvicinai al box e lo aprii, sperando che non stesse male anche lui come Robbie. Mi ritrovai a fissare un box vuoto. Rimasi lì per qualche istante come impietrita senza capire. Sulle prime pensai che Christian e Melike avessero voluto farmi uno scherzo, ma poi mi accorsi che la grata che la sera prima avevo visto Christian chiudere con cura era soltanto appoggiata. La serratura era per terra.

«No...» sussurrai quando lentamente cominciai a

capire che cos'era successo. Mi sentii gelare. Fritzi era stato rubato! I ladri di cavalli erano venuti all'*Amselhof*, avevano scassinato la serratura, narcotizzato Robbie e rubato il mio cavallo!

In preda al panico, attraversai di corsa la scuderia e rientrai in casa. Con tre balzi salii su per le scale, spalancai la porta della camera di Christian e accesi la luce.

«Christian!» gridai. «Svegliati!»

Mio fratello sussultò stordito, accanto a lui Kiki ammiccò insonnolita.

«Che c'è?» borbottò Christian.

«Fritzi è sparito!» Ero completamente fuori di me. «Sono appena stata nella scuderia, Robbie è steso per terra e non si muove e il box di Fritzi è vuoto! Qualcuno ha scassinato la serratura della grata!»

Cominciai a singhiozzare istericamente. Christian saltò giù dal letto, mi prese per le spalle e mi scrollò. «Elena, stai calma!» Poi mi lasciò e si vestì in un lampo.

Si era alzata anche Kiki. Il mio urlo aveva svegliato pure Melike e Fabian, che in corridoio ci fissarono senza capire mentre noi tre ci precipitavamo fuori.

«Fritzi è scomparso!» urlò Kiki.

Attraversammo lo spiazzo alla velocità della luce. Stani e Heinrich avevano già cominciato a foraggiare i cavalli della scuola. Allarmati dalle nostre grida, ci seguirono nella scuderia dei cavalli da concorso. Dentro di me avevo sperato in un miracolo, mi ero convinta che adesso Fritzi mi avrebbe accolta con un nitrito allegro, ma il suo box era vuoto come dieci minuti prima.

Mi sedetti per terra e cominciai a piangere senza

freni. Melike si accoccolò accanto a me cingendomi le spalle con le braccia per consolarmi, ma non provai alcun sollievo. Di tutti i cavalli che erano stati rubati in Germania negli ultimi mesi, fino a quel giorno non ne era ricomparso neppure uno.

«Dobbiamo chiamare Lajos» singhiozzai. «E la polizia».

«Sì, è la cosa migliore da fare» convenne Christian.

Gli altri se ne stavano nel corridoio con un'espressione triste mentre Christian cercava di raggiungere Lajos con il mio cellulare, ma il suo telefonino era spento.

La polizia promise di mandare qualcuno al più presto. Non riuscivo a capacitarmi! Mentre io ero stata così incredibilmente felice, qualcuno aveva rubato il mio cavallo, il mio Fritzi, che aveva paura degli sconosciuti. Sentii il cuore stringersi. Oh, ma perché avevo permesso a papà di cavalcare Fritzi? Aveva destato l'interesse dei ladri di cavalli perché aveva vinto tante gare ai concorsi, ne ero sicura. Se lo avessi tenuto solo per me! Se avessi... Oh, accidenti, tutti questi se non servivano a niente.

La polizia arrivò mezz'ora dopo: una pattuglia con due agenti in borghese e qualche detective. Il commissario capo Behrendt della sezione furti e la sua collega Kathrin Prinz ascoltarono me e Christian che un po' per uno raccontavamo l'accaduto.

«Dove sono i vostri genitori?» chiese il poliziotto. «Siete soli qui alla tenuta?»

«Sono partiti ieri per qualche giorno di vacanza» rispose Christian. «Però non siamo del tutto soli. Ci sono

Heinrich e Stani, i nostri aiutanti, e stasera torneranno anche i nonni».

Eravamo fuori dal box vuoto di Fritzi. I poliziotti presero la serratura da terra con i guanti di lattice e la infilarono in un sacchetto di plastica.

«Di che cavallo si tratta?» volle sapere la commissaria.

«Di Fritzi. È il mio» singhiozzai.

«Un pony?» chiese lei comprensiva.

«No, no, non è un pony». Scossi il capo pensando che se avessero rubato Sirius, non sarebbe stato così brutto. E un attimo dopo quel pensiero mi fece rimordere la coscienza.

Christian descrisse Fritzi ai poliziotti, poi scostò la grata. Come tutte le sere, anche il giorno prima Heinrich aveva spianato con il rullo l'arena e il sentiero sabbioso che portava alle piste di dressage e al bosco. Sulla superficie regolare erano chiaramente visibili le impronte di zoccoli e di piedi che andavano dalla scuderia verso il bosco. I poliziotti le seguirono tenendosi di lato per non calpestarle e io e Christian li imitammo.

Arrivati al limitare del bosco le impronte erano ancora più numerose, e a esse si aggiungevano segni di gomme e della pedana di un rimorchio, oltre a quattro brandelli di pelliccia sintetica.

«Li abbiamo già visti qualche altra volta» spiegò il commissario. «A quanto pare i ladri avvolgono questi pezzi di stoffa attorno agli zoccoli degli animali per non fare rumore. Direi che il vostro cavallo è stato proprio rubato».

«Puoi farci avere una foto dell'animale?» mi chiese la commissaria.

Annuii e corsi in casa. Solo allora mi venne in mente Tim. Dovevo informarlo, assolutamente! Premetti il tasto di chiamata rapida e quando mi rispose la voce sgarbata di Richard Jungblut rischiai di morire di paura. Per lo spavento interruppi la comunicazione. Il padre di Tim era a casa! Oh, Dio, povero Tim! Di sicuro aveva avuto problemi e il padre gli aveva sequestrato il cellulare. Ci mancava anche questa! Quella giornata che era cominciata così meravigliosamente si stava trasformando in un incubo.

Trovai una foto di Fritzi scattata al concorso di Viernheim e tornai alla scuderia, dove intanto i poliziotti attorniavano Robbie, che continuava a dormire.

«Dobbiamo avvertire papà e mamma» dissi con la voce che tremava.

«Ci ho già provato» rispose mio fratello. «Non c'è campo. Il nonno non si è portato dietro il cellulare e Lajos non risponde. Davvero fantastico».

«Però da un momento all'altro dovrebbe arrivare Liam» osservò Melike.

«Tanto non può fare niente neppure lui».

«Fra poco saranno qui i nostri colleghi della scientifica» disse il commissario capo. «Cercheranno di rilevare le impronte nella scuderia, perciò per favore non toccate niente. E poi dovrebbe venire un veterinario per prelevare un campione di sangue dal vostro cane. I ladri devono sicuramente averlo narcotizzato per agire indisturbati».

E probabilmente avevano dato qualcosa anche a Fritzi, perché altrimenti non sarebbe mai andato via così nel cuore della notte con degli sconosciuti.

Il commissario diede a Christian il suo biglietto da visita. «Se doveste sentire qualcosa o se vi dovesse venire in mente qualcos'altro, chiamatemi».

Nessuno di noi aveva voglia di fare colazione. Portammo nel paddock le giumente, i puledri e i cavalli più giovani, attaccammo alla giostra qualcuno dei cavalli da concorso, montammo e facemmo lavorare alla corda gli altri.

Il tempo passava con una lentezza esasperante. A pranzo mettemmo sulla griglia le bistecche che avanzavano. L'atmosfera era opprimente. Papà e mamma continuavano a essere irraggiungibili, e anche Lajos, e Liam non si era ancora fatto vedere.

«Ma come può piantarci in asso in questo modo?» si arrabbiò Christian. «Eppure lo sa benissimo quanto lavoro c'è da fare qui! Ha perfino staccato il cellulare!»

Masticavo svogliatamente la mia bistecca. Improvvisamente mi bloccai.

«Liam!» sussurrai lasciando cadere le posate.

«Che cosa?» chiesero in coro Christian, Melike, Fabian e Kiki.

«Di sicuro Robbie non abbaierebbe se vedesse entrare nella scuderia Liam, neppure di notte» dissi lentamente. «E Fritzi lo conosce bene. Lo seguirebbe».

Calò un silenzio di tomba, poi parlarono tutti insieme. Fu Melike a imporsi.

«Ma Liam non avrebbe avuto bisogno di scassinare la serratura, lui ha le chiavi» fece notare.

«Non quelle della serratura della grata» ribatté Christian. «Nostro padre l'ha cambiata proprio ieri perché quella vecchia era tutta arrugginita».

Ci guardammo. La mostruosità della nostra ipotesi ci aveva lasciati senza parole. Liam un ladro di cavalli? Liam, sempre allegro e di buon umore, che mi aveva consolato quando piangevo per le mie pene d'amore? E a un tratto mi ricordai la faccenda del mazzo di chiavi al concorso regionale di Eschwege, e dell'uomo che era salito sul camion di notte per parlare con lui. Lo raccontai agli altri.

«E poi di recente Liam è stato al *Sonnenhof* dal padre di Tim» conclusi.

Mio fratello non esitò un istante di più.

«Chiamo la polizia» disse risoluto. «Elena, va' a vedere se abbiamo delle fotografie di Liam».

«Ne ho una io sul cellulare» ammise Melike.

«Che combinazione!» Christian sorrise appena e Melike arrossì.

E poi squillò il cellulare di Christian. Mio fratello mi scoccò un'occhiata, quindi raddrizzò le spalle e rispose.

«Ciao, pa'» disse. «Come state?»

Ascoltò un attimo alzando gli occhi al cielo.

«No, purtroppo qui non va bene per niente. Questa notte hanno rubato Fritzi... No, Robbie è ancora addormentato, devono averlo narcotizzato... Hanno scassinato la serratura della grata... Sì, certo che è venuta la polizia».

Poi Christian riattaccò e chiamò il commissario: disse che sospettavamo che il ladro fosse Liam. Melike inviò la foto dal suo cellulare a un numero che il commissario aveva dato a mio fratello. A quel punto c'era solo da aspettare.

Sedevamo nella scuderia attorno alla radio. Alle due andò in onda il primo avviso di ricerca per Liam e la sua auto e per Fritzi. Fabian e Kiki andarono a casa per cambiarsi. Aspettavo inquieta un segno di vita da parte di Tim. Il suo cellulare era spento.

Improvvisamente il mio telefonino squillò con la suoneria insolita riservata ai numeri privati.

«Elena, sono io!» mi disse Tim. «Ma che succede da voi? Ho appena sentito alla radio che hanno rubato Fritzi!»

Gli raccontai rapidamente quello che era successo.

«Da dove stai chiamando?» gli chiesi poi.

«Dal telefono fisso. Questa mattina mio padre mi ha sequestrato il cellulare. Purtroppo all'incrocio davanti alla tenuta mi sono quasi scontrato con lui. Arrivava a tutta velocità con la macchina e il rimorchio e mi ha quasi investito. Andava a centottanta e voleva sapere da dove venissi. Quando gli ho detto che ero stato dalla mia ragazza, mi ha mollato un ceffone e mi ha preso le chiavi del ciclomotore e il cellulare. Ci manca solo che mi chiuda in cantina a pane e acqua».

«Tuo padre è arrivato questa mattina con il rimorchio?» gli chiesi e intanto sentii un brivido corrermi lungo la schiena.

«Sì. E poi lo ha lavato lui stesso con la macchina a

vapore, e anche la jeep. Mi sono stupito, di solito tocca sempre a me...» Ammutolì. «Oh, Elena, non crederai...?»

Non concluse la frase.

«Oggi Liam non è venuto al lavoro». La mia voce si era ridotta a un pigolio. «Poco tempo fa è stato da voi alla tenuta. E ricordi l'uomo con cui si è incontrato di notte a Eschwege e la storia del mazzo di chiavi? I ladri hanno caricato Fritzi su un rimorchio, questo è sicuro».

«Santo cielo!» disse Tim.

«Tu credi che tuo... tuo padre possa averci qualcosa a che fare?» osai chiedere.

Tim esitò un istante.

«Se devo essere sincero, lo credo capace di tutto. Però se questa notte vi ha rubato Fritzi e alle cinque e mezza era di nuovo a casa, Fritzi non può essere lontano. Accidenti, sta arrivando. Cercherò di scoprire qualcosa di più. Ti richiamo dopo».

CAPITOLO 20

L'attesa fu la cosa peggiore. Papà chiamava ogni ora per informarsi se ci fossero novità. I miei non erano riusciti a trovare un volo e il primo traghetto partiva da Rosslare solo mercoledì. Papà era riuscito a parlare con i nonni, che sarebbero tornati alla tenuta quella sera stessa. Christian aveva messo il vivavoce perché potessimo sentire anche io e Melike e non essere poi costretto a ripetere tutto parola per parola.

«E Liam?» chiese adesso papà. «Perlomeno con i cavalli è tutto a posto?»

Ci scambiammo un'occhiata.

«Christian!» esclamò papà impaziente. «Ci sei ancora?»

«Papà... ehm... oggi Liam non è venuto» disse Christian. «Sembra sparito dalla faccia della Terra, e ho detto alla polizia che credo che potrebbe c'entrare in qualche modo».

«Che cosa??? Liam avrebbe rubato Fritzi?»

«Sì. Insieme con Richard Jungblut».

«Oh, Christian, insomma!» gridò papà al telefono. «Spero che tu non abbia detto questo alla polizia. Ma come ti è venuta in mente una sciocchezza simile?»

«Lo sponsor di Jungblut era molto interessato a Fritzi» si giustificò Christian. «E la polizia crede che i cavalli rubati siano stati portati nell'Europa dell'Est. Perché non in Armenia?»

Papà si agitò ancora un po', poi la comunicazione si interruppe.

Fabian e Kiki tornarono con la pizza. L'avviso di ricerca per Liam e Fritzi veniva trasmesso anche in televisione.

Alla fine chiamò anche Lajos, dopo avere visto che lo avevamo cercato un paio di volte al telefonino. Nella zona dei Vosgi in cui si trovava il cellulare non prendeva quasi mai. Quando gli raccontammo l'accaduto, promise che sarebbe ritornato al più presto.

Arrivarono i nonni e dovemmo raccontare da capo tutta la storia, ma neanche loro potevano fare niente.

Quando chiamò Tim erano le nove e mezza. Era agitatissimo.

«Aspetta!» esclamai. «Metto il vivavoce in modo che possano sentire anche gli altri».

Ci stringemmo in cinque attorno al mio cellulare e ascoltammo increduli il racconto di Tim.

«Liam è da noi alla tenuta! Ho appena origliato una conversazione fra lui e mio padre» sibilò. «E fra l'altro Liam non è il suo vero nome, mio padre lo chiama Andy».

«Non divagare, Tim!» gli ordinò Christian.

«Sì, sì, giusto. Allora: mio padre era furioso perché Liam è spuntato qui all'improvviso. Ha paura che qualcuno possa vederlo. Liam è fuori di sé perché ha saputo dalla radio e dalla tivù di essere ricercato. Mio padre gli ha detto che deve tornare subito dai cavalli e mantenere i nervi saldi. Che non ci sono prove, in fondo non è la prima volta e finora è sempre filato tutto liscio. E che comunque i cavalli partiranno questa notte, poi loro prenderanno i soldi e si tireranno fuori da tutta la faccenda».

Quella notte! Ero disperata. Nella pancia sentii turbinare una paura sorda. E se non avessi mai più rivisto Fritzi?

«Oh, Tim! Ma dove può essere Fritzi?»

«Cercherò di scoprirlo» promise lui. «Ti richiamo».

Nel frattempo mangiammo la pizza fredda, anche se in realtà nessuno ne aveva voglia. E poi tornammo nella scuderia. Robbie era di nuovo in piedi, però gli effetti del narcotico si facevano sentire ancora.

I nonni andarono a letto, ma nessuno di noi pensava neppure lontanamente a dormire. Erano da poco passate le undici quando il mio cellulare squillò di nuovo.

«So dove nascondono i cavalli!» annunciò Tim.

Poco dopo che Liam se ne era andato, il padre di Tim aveva ricevuto una telefonata. Aveva detto al suo interlocutore che aveva tutte le carte e i tesserini e che avrebbe dovuto richiamarlo quando fosse giunto a Frankfurter Kreuz, perché ad arrivare ci avrebbe impiegato meno di venti minuti.

«Ho pensato un po' dove si può andare in venti minuti partendo da casa nostra» continuò Tim. «E mi è venuta in mente la vecchia tenuta a Braunshardt. Ci sono stato qualche settimana fa con mio padre, Gasparian e l'interprete. Appartiene a uno spedizioniere di Königshofen, che usa i fabbricati come deposito e il terreno come parcheggio per camion e container. Gasparian la conosce, ne sono sicurissimo! Hanno parlato russo e riso e si sono baciati sulle guance come vecchi amici».

«Potresti avere ragione» ammise Christian. «La tenuta la conosco. È abbastanza lontana perché nessuno faccia caso se ci sono cavalli che nitriscono o camion che vengono caricati la notte. E adesso che cosa facciamo?»

«Chiamiamo la polizia» suggerì molto ragionevolmente Melike.

«E se invece i cavalli non fossero là?» ribatté mio fratello. «In quel caso faremmo la figura degli idioti. Tim, tu dove sei adesso?»

«Sono a Braunshardt». Non riuscivamo a sentirlo bene. «Ho la chiave di scorta del ciclomotore e il cellulare di mia madre».

Improvvisamente la comunicazione si interruppe. Christian imprecò e cercò di richiamarlo, ma non riuscì a prendere la linea: niente campo.

«E adesso che cosa facciamo?» ripeté corrugando la fronte. «Non possiamo lasciare Tim da solo».

«E come pensi di arrivare a Braunshardt?» ribatté Melike. «Saranno più di venti chilometri».

«Passando attraverso la brughiera di Steinau saranno al massimo otto» ribatté Christian.

«Vorresti farli a piedi?» intervenne Fabian. «O con il trattore?»

«No, possiamo andare a cavallo» sorrise mio fratello. «E subito».

«Tu sei matto, Christian!» esclamai. «Se papà lo viene a sapere, ci ammazza!»

«Vuoi riavere il tuo Fritzi o no?» ribatté lui.

Ci scambiammo un'occhiata, poi mi strinsi nelle spalle. Che cosa poteva succedere? In fondo eravamo in cinque. E conoscevo la strada.

«Allora si va!» esclamò Christian. «Vestiamoci di scuro. E, Elena, Sirius rimane alla scuderia. Non possiamo usare un cavallo bianco per quest'azione».

Io e Christian tirammo fuori dagli armadi tutti i vestiti scuri che riuscimmo a trovare. Mio fratello si buttò uno zaino in spalla e andammo alla scuderia. I nonni erano già a letto, in casa loro era tutto buio, e anche Lajos non si era ancora fatto vedere. Sellai Saphir, il cavallo della scuola, e gli altri presero i loro. Nell'officina Christian recuperò anche un piede di porco, una torcia elettrica e un paio di cesoie, poi infilò nello zaino una cavezza e una longhina. Conducemmo i cavalli sulla pista sabbiosa fino al punto in cui la notte prima i ladri avevano caricato Fritzi sul camion.

«Silenziate tutti i cellulari» ordinò Christian. «Elena, fino alla brughiera vai avanti tu, poi ci penso io».

Mio fratello era nel suo elemento e anch'io cominciavo a divertirmi, anche se avevo comunque un po' di paura. Però qualsiasi cosa era meglio che starsene in casa a non far niente sapendo che da qualche parte Fritzi veniva caricato su un camion diretto in Armenia.

La sottile coltre di nubi si era squarciata e la luna calante gettava una luce fioca sul paesaggio dandogli un aspetto insolito. Mentre procedevamo sulla strada che portava al nostro campo di allenamento, il bosco svettava nero e silenzioso come una massa tetra e minacciosa alla nostra destra. Era la via più breve per la brughiera.

Saphir aveva paura e si rifiutò di proseguire. Avvertiva la mia tensione, e poi non era mai stato trascinato fuori dalla scuderia e sellato a ora così tarda, perciò Christian prese il mio posto alla testa della fila. Nessuno di noi aprì bocca, si sentiva solo il sordo battere degli zoccoli, ogni tanto uno sbuffo dei cavalli o il tintinnio di un filetto.

Un quarto d'ora dopo attraversavamo il prato che conoscevo così bene. Mi proibii di pensare a Fritzi. Nel bosco era buio pesto, solo di tanto in tanto la luce della luna trovava la strada tra il fitto fogliame degli alberi. Proseguimmo al passo. Improvvisamente ci fu un fruscio, qualcosa ci sfiorò la testa. Jasper sobbalzò e urtò Saphir.

«Oh! Un fantasma!» gridò Melike.

«Era solo una civetta» ribattei.

A quel punto io non riuscivo più a orientarmi, ma Christian ci guidò senza esitare attraverso la brughiera e poi fuori dal bosco, e questo rinsaldò il mio sospetto che anche lui venisse spesso a cavalcare da quelle parti, anche se lo aveva sempre negato dicendo che le uscite in campagna erano cose da femmina.

«Quella laggiù è Braunshardt» disse indicando un

paio di luci in lontananza quando arrivammo in fondo al bosco. «La tenuta dovrebbe trovarsi subito dietro la curva, se non ricordo male. Da adesso, bocca chiusa!»

Quando arrivammo alla vecchia tenuta, era da poco passata la mezzanotte. Non riuscivamo a capire esattamente che cosa stesse succedendo nello spiazzo illuminato perché avevamo la visuale ostruita da un paio di fabbricati e dalla montagna di container. Christian aveva fatto benissimo a pensare alle cesoie, perché tutto il terreno era recintato da una rete metallica di due metri di altezza dall'aria piuttosto solida.

Smontammo dai cavalli. Cercai di richiamare Tim, ma adesso anche il mio cellulare non prendeva più. Kiki e Melike ci avrebbero aspettato lì con i cavalli, Christian, Fabian e io ci saremmo introdotti nella tenuta e avremmo cercato di liberare Fritzi. Le cesoie tagliarono la rete come se fosse burro e in breve il buco fu abbastanza largo da permetterci di passare tranquillamente attraverso. Avanzammo silenziosamente attorno ai fabbricati e ai container impilati.

All'improvviso Christian si fermò.

«Maledizione, è troppo tardi!» sussurrò.

Anch'io mi arrischiai a guardare oltre l'angolo: in mezzo allo spiazzo c'era un enorme trasportatore per cavalli e diversi uomini erano occupati a caricare gli animali alla luce di un potente faro. Avevo la bocca secca per l'agitazione. Tutto d'un tratto mi rendevo conto del pericolo in cui ci eravamo messi. Non avevamo a che fare con ladri di frutta, ma con veri criminali! Quegli uomini che rubavano esclusivamente cavalli preziosi correndo grossi rischi erano del tutto privi di scrupoli e non si sarebbero fermati davanti a niente. E il fatto che Liam fosse in combutta con loro non migliorava le cose, anzi.

«Avremmo dovuto chiamare la polizia» sussurrò Fabian alle mie spalle, e dovetti dargli ragione. Christian non doveva fare sciocchezze che potessero metterci ancora di più in pericolo.

Ma proprio in quel momento portarono Fritzi fuori dalla scuderia. Quando vidi il modo in cui quei tizi maneggiavano il mio cavallo, mi sentii un nodo allo stomaco. Fritzi si dibatteva, non voleva farsi caricare. Si impennò, poi piantò cocciutamente le zampe a terra. Due uomini lo tirarono per la cavezza, ma che cosa potevano fare contro un cavallo adulto?

«Bravo, Fritzi, difenditi come si deve!» sussurrai senza togliergli gli occhi di dosso.

Conoscevo quello stallone dal giorno in cui era nato, lo conoscevo bene come nessun altro cavallo al mondo, e il mio cuore sanguinava nel vederlo trattato in quel modo.

«Ecco Tim!» sibilò Christian. «Là davanti, lo vedi?»

Sì, era lui! Stava avanzando verso il camion tra le ombre dall'altra parte dello spiazzo. Gli uomini erano troppo occupati con Fritzi e con le sue bizze per tenere d'occhio il camion. Rimasi a guardare col fiato sospeso la luce della cabina accendersi un attimo quando Tim aprì la portiera dal lato del passeggero e si infilò dentro. Che cosa voleva fare?

«Avanti, caricate quella bestiaccia!» riecheggiò nello spiazzo la voce secca di Richard Jungblut. «Non abbiamo tutta la notte. Andy, muoviti, prendi una frusta e una longhina».

«E c'è anche Liam, quel verme» osservò Christian. «Ah, Tim ha portato via la chiave di accensione, ottimo!»

Intanto gli uomini avevano legato la longhina al camion e ora l'avvolsero attorno al posteriore di Fritzi per caricarlo a forza su per la pedana. Lo stallone si difendeva disperatamente. Roteava gli occhi, lungo il collo aveva una scia di schiuma. Si impennò talmente che temetti potesse cadere all'indietro, poi fece un salto. Sotto i ferri degli zoccoli si levò una pioggia di scintille e gli uomini imprecarono. Alla fine Fritzi non seppe che altro fare e cominciò a scalciare. Ci fu un rumore sordo, poi nella notte riecheggiò un grido di dolore. Aveva centrato uno dei suoi aguzzini.

«Adesso basta!» tuonò Richard Jungblut.

Strappò la frusta di mano a Liam e alzò il braccio.

«Queste bestie devono essere sul camion per quando arriva il capo!»

Non riuscii a sopportare oltre.

«No!» gridai. La voce mi si incrinò. «La smetta!»

Prima che Christian potesse impedirmelo, abbandonai il mio nascondiglio e corsi verso gli uomini.

Richard Jungblut si voltò di scatto. Quando riconobbe prima me e poi Christian, rimase a bocca aperta. Anche Liam sbiancò come un cencio.

Mi precipitai oltre loro per raggiungere il mio cavallo.

«Fritzi!» gridai.

Lo stallone smise di impennarsi, si fermò con la testa rivolta verso l'alto e lanciò un nitrito acuto. Poi però qualcuno mi prese rudemente per un braccio e mi strappò via.

«Rivoglio il mio cavallo!» stridetti. «È mio!»

Lottai accanitamente, scalciai e mi divincolai, ma l'uomo era più forte. Mi piegò brutalmente le braccia dietro la schiena e io gridai come un'ossessa. Richard Jungblut mi squadrò con freddezza. Espirò, io chiusi gli occhi e aspettai il ceffone, ma all'improvviso scomparve dal mio campo visivo. Tim si era avventato su suo padre e me lo aveva strappato di dosso.

«E tu che accidenti ci fai qui?» A un tratto la voce di Richard Jungblut era sconvolta.

«Vorresti che ti permettessi di rubare i cavalli dei miei amici?» gridò Tim pieno di rabbia. «Devi sempre mandare tutto all'aria! Per tutta la vita non hai fatto che rovinare l'esistenza a tutti quelli con cui hai avuto a che fare!»

Fritzi scalciava impaziente gli zoccoli sul selciato. Lanciò un nitrito acuto e un altro cavallo gli rispose.

«Maledizione, Tim, vai via di qui!» ordinò Richard Jungblut al figlio. «Per piacere, vattene!»

«Di certo non me ne vado senza i miei amici» ribatté lui. «Lascia stare Elena, accidenti a te!»

Lo aveva detto all'uomo che mi teneva, il quale effettivamente mi lasciò con uno spintone che mi fece finire tra le braccia di Tim. Avevo il viso rigato di lacrime. Avevo paura, paura vera. Quegli uomini non ci avrebbero mai lasciati andare come se niente fosse, ora che li avevamo visti in faccia.

«Avanti, adesso calmatevi» disse il padre di Tim, che andava nervosamente avanti e indietro. La comparsa di suo figlio lo aveva completamente sconvolto.

«Arriva il capo!» esclamò qualcuno a mezza voce.

Due fari avanzavano lentamente sullo spiazzo: una macchina si avvicinava. Il rumore del motore si spense, due portiere sbatterono.

«Ormai è troppo tardi!» sibilò tetro Richard Jungblut. «Non posso più aiutarvi».

«Come se avessi avuto in mente di farlo» ribatté sprezzante Tim, e mi cinse con un braccio tenendomi stretta.

Da dietro il camion sbucò un uomo che fu illuminato dai fari. Mi ero aspettata il tarchiato Gasparian o la sua fida ombra, l'interprete, e invece riconobbi stupefatta l'uomo biondo con il viso spigoloso che avevo notato a Eschwege, quello che aveva fissato Fritzi così a lungo. Lo seguivano altri due uomini.

«Che cosa succede qui?» La sua voce dall'accento olandese era sgradevolmente fredda e inespressiva. «Che cosa ci fanno qui questi ragazzini? Perché i cavalli non sono ancora sul camion?»

«Questo qui ci sta dando qualche problema, Piet» disse Richard Jungblut.

«E allora fagli un'iniezione!» ordinò l'altro. «E fa' sparire questi ragazzi! Immediatamente!»

«Questo è il mio cavallo!» insistetti testarda. «Lo rivoglio!»

Sulla faccia del biondo aleggiò un sorriso.

«Voglio voglio voglio!» ripeté beffardo. Poi tornò serio. «Avanti, chiudeteli in un container. E caricate quello stramaledetto cavallo, e in fretta!»

Solo allora mi accorsi che gli uomini trattenevano anche Christian e Fabian. Li spingevano davanti a loro. Un altro venne a prendere Tim e me.

«Tim, tu rimani qui!» ordinò suo padre.

«Non ci penso neppure, non voglio essere tuo complice!»

Fritzi riprese a nitrire, tanto da spezzarmi il cuore, ma iniettandogli un sonnifero gli uomini riuscirono a spingerlo sul camion. La pedana fu sollevata. Fu a quel punto che l'autista del camion si accorse che la chiave era sparita dal quadro di accensione.

«La chiave non c'è più!» gridò.

«Avrete un bel cercarla» disse Tim con un sorriso di scherno.

«Maledetto...!» L'autista gli si avventò addosso furioso, ma Richard Jungblut si mise in mezzo.

«Non toccarlo! È mio figlio!»

Gli uomini avevano i nervi a fior di pelle. Il tempo passava, e la nostra comparsa aveva procurato loro grossi problemi.

A un tratto nelle mani degli uomini arrivati con l'olandese di nome Piet spuntarono delle pistole.

«Adesso basta con queste storie!» ordinò il capo della banda. «Rinchiudete quei ragazzi!»

Ci trascinarono attraverso lo spiazzo.

«Dietro il recinto ci aspettano Melike e Kiki con

i cavalli» sussurrai a Tim. Vidi il suo viso carico di tensione e mi chiesi quanto dovesse sentirsi straziato, nello scoprire che suo padre era un misero criminale. Povero Tim!

«Fa' attenzione, Elena» mi bisbigliò. «Quando te lo dico, tu scappa. Cerca di andare via di qui e chiama la polizia».

Proseguimmo dietro a Christian e Fabian, poi Tim si voltò di scatto e diede un calcio fra le gambe a uno degli uomini armati. Christian reagì all'istante e spinse l'uomo che aveva accanto.

«Va'!» urlò Tim, e io corsi via.

Corsi come non avevo mai corso in vita mia. Probabilmente per quello scatto ai Giochi della Gioventù avrei ricevuto una medaglia direttamente dalle mani del Presidente della Repubblica. Dietro di me sentii voci e grida confuse. Arrivai al recinto, ma non riuscii più a trovare il buco.

«Qui!» mi chiamò la voce stridula di Melike. «Da questa parte, Elena!»

Finalmente! Mi infilai nel mezzo.

«Hanno preso gli altri!» ansimai. «Presto, saliamo in sella e andiamocene! Dobbiamo andare a cercare aiuto!»

Gli uomini apparvero dall'altra parte del recinto. Si accese un faro abbagliante. Vidi i capelli biondi di Tim, cercai a tastoni le redini di Ronalda. Le dita non volevano obbedirmi, tremavo tutta per la paura e la fatica. Il cavallo saltellava irrequieto, il piede mi scivolò dalla staffa e urtai dolorosamente la fronte contro la sella.

«Sta' ferma!» singhiozzai in preda al panico. «Sta' un po' ferma!» Finalmente avevo il piede nella staffa e potei issarmi.

«Non vi muovete!» urlò qualcuno.

Sentii Melike gridare. O era Kiki? Un cavallo nitrì, tutto il recinto vibrò.

«Vai, Elena, corri!» gridò Tim.

«Non fatevi scappare la ragazza!»

«No!» gridò Richard Jungblut. «Quello è mio figlio, idiota!»

In quel momento ci fu uno sparo. Ronalda scattò in avanti come se avesse alle calcagna il diavolo in persona. Mi aggrappai alla sua criniera cercando disperatamente la seconda staffa. Se fossi caduta, sarebbe stata la fine!

Ronalda sfrecciò attraverso il campo di grano. Ora ero seduta dritta in sella, mi chinai sulla cavalla e galoppai a rotta di collo verso le luci lontane della cittadina di Braunshardt. Il cavallo incespicò un paio di volte. Nel freddo della notte il suo mantello umido emanava vapore.

Avevo ancora il rumore dello sparo negli orecchi. Chi aveva sparato? Era stato colpito qualcuno, c'erano dei feriti?

Mi voltai sulla sella e rabbrividii: a neppure cinquanta metri da me una jeep correva nei campi di grano con gli abbaglianti accesi. Spronai un'altra volta Ronalda sperando che al buio la cavalla vedesse meglio di me! Mi sentii scorrere le lacrime sul viso. Sentivo già il rumore del motore.

«Fermati!» mi urlò una voce. «Tanto ti prendiamo!»

Il campo di grano era finito. Gli zoccoli di Ronalda pestarono con forza il cemento, poi per qualche secondo volò leggera nell'aria. Mi tenni ben salda alla criniera e allo stesso tempo guardai verso sinistra. Quella jeep non era un cavallo da salto, e il fosso che Ronalda aveva visto all'ultimo momento era piuttosto ampio e pieno d'acqua. Il motore stridette, l'auto si piantò con il muso nell'acqua, cappottò più volte e si fermò con le ruote per aria.

Proseguii al galoppo. Il frumento frusciava contro le zampe di Ronalda. Un animale, una volpe o una lepre, saltò fuori e subito scartò di lato. Nel buio scorsi il profilo di un edificio. Rallentai. Una fattoria! Gli zoccoli tambureggiavano sordi sul selciato. Sferragliò una catena, un cane cominciò ad abbaiare piano. C'era odore di vacche. Nella casa si accese una luce e poco dopo una finestra al primo piano si aprì.

«Salve!» salutai con voce tremante.

«Zitto, Blacky!» ordinò un uomo, e il cane tacque. «Chi va là?»

«Per piacere, può chiamare la polizia?» lo pregai. «Alla vecchia tenuta ci sono i ladri di cavalli che tengono prigionieri i miei amici!»

«Un attimo!»

La finestra si richiuse con un tonfo. Non osavo smontare. Avevo le gambe così molli che non sarei mai più riuscita a risalire in sella.

Passò quasi un'eternità prima che finalmente nella serratura girasse la chiave e la porta si aprisse. Si accese la luce esterna. Dietro l'uomo, che si era infilato la vestaglia, apparve una donna con i bigodini in testa. Squadrarono sospettosi me e il mio cavallo.

«Vi prego, chiamate la polizia!» ripetei.

E poi scoppiai in lacrime.

CAPITOLO 21

Il contadino mi aiutò a smontare dal cavallo. Prese Ronalda per la briglia e sollevò la staffa.

«L... l'aiuto» mormorai.

«No, no, va' pure dentro. Mia moglie ti prepara un bel latte caldo con il miele».

«Faccia attenzione, Ronalda è un po' nervosa».

«Me ne intendo, di cavalli» mi rassicurò l'uomo. «Ne ho qualcuno anch'io».

Scomparve con la cavalla in direzione della scuderia e io mi trascinai su per i gradini. La donna mi guardava curiosa.

«Abbiamo sentito alla radio del cavallo rubato» mi disse. «Tu non sei la figlia di Michael Weiland?»

Annuii fiaccamente. Mi indicò il telefono, poggiato su un mobiletto in ingresso. Feci il numero delle emergenze e qualche secondo dopo mi rispose il centralino della polizia. Dissi il mio nome e quello che era successo.

«Mi hanno sparato. Sono scappata con un cavallo e l'auto che mi inseguiva ha avuto un incidente da qualche parte in mezzo ai prati».

«Hai bevuto?» mi chiese il poliziotto diffidente, e

questo mi lasciò senza parole per un momento. Io avevo fatto una galoppata pazzesca e quello credeva che stessi scherzando!

«Mi stia a sentire» gli dissi furente. «Non ha sentito la radio oggi? Il mio cavallo è stato rubato! Il commissario capo Behrendt è stato alla tenuta da noi e sa che quello che dico è vero!»

«Tu dove ti trovi adesso?» chiese l'agente all'altro capo della linea.

«Che posto è questo?» chiesi alla contadina che trafficava ai fornelli. Mi diede l'indirizzo e io lo ripetei al microfono.

«Mando subito una pattuglia che ti venga a prendere» mi disse il poliziotto.

«Va bene, grazie. E la prego, fate in fretta, altrimenti i cavalli spariscono».

Riattaccai.

In ingresso entrò il contadino.

«Allora, ragazzina, intanto siediti» mi disse.

Accese la luce in cucina e mi porse una seggiola. Solo adesso che ero al sicuro e a poco a poco la tensione si allentava cominciai a tremare tutta come una foglia e mi ci accasciai sopra.

La moglie del contadino mi mise davanti una tazza di latte fumante.

«Bevi questo» mi disse gentilmente.

Riconoscente, presi la tazza e sorseggiai. Il tremito cessò.

L'orologio della cucina ticchettava fortissimo. I contadini mi guardavano come se fossi uno strano animale.

Che cosa stavano facendo Tim e gli altri? Che cosa gli avevano fatto i ladri?

Alla fine nel cortile arrivò una macchina. Il cane ricominciò ad abbaiare. Il contadino andò ad aprire la porta.

«Zitto, Blacky!» ordinò secco.

Poco dopo in cucina entrarono due poliziotti.

«Salve» salutò uno di loro.

Mi alzai faticosamente, barcollando un po'.

«Presto, dobbiamo sbrigarci» insistetti.

«Va bene, vieni con noi».

Ringraziai i contadini e seguii gli agenti dentro la loro macchina. Speravo che non fosse troppo tardi!

La mia telefonata alla polizia aveva scatenato un'operazione in grande stile. Mentre ci dirigevamo alla vecchia tenuta cominciava già ad albeggiare. In mezzo al prato lampeggiavano delle luci blu. Ecco la jeep nel fosso! Non volli guardare. In preda alla tensione, mi sporsi in avanti. Non ero mai stata su un'auto di pattuglia. Alla radio i poliziotti comunicavano con la centrale e seppi che anche il commissario capo Behrendt si stava dirigendo alla tenuta.

«Vada più in fretta!» implorai il poliziotto al volante.

«Non agitarti. Anzi, è meglio che ti allacci la cintura» rispose lui impassibile.

«Non ne vale più la pena, ormai siamo arrivati» risposi.

Mi sorrise nello specchietto e accelerò appena.

Qualche minuto dopo varcavamo il cancello spalancato della tenuta. Lo spiazzo con l'enorme castagno era deserto, il camion con il mio Fritzi era scomparso. Dietro di noi entrò sgommando una seconda autopattuglia, poi una macchina metallizzata.

«Tu resta dentro» mi disse il poliziotto al volante prima di scendere insieme con il suo collega.

«No!» protestai scuotendo la portiera, che però non riuscii ad aprire dall'interno. In un attimo mi arrampicai sul sedile davanti e aprii lo sportello.

Dalla macchina metallizzata scesero il commissario Behrendt e la sua collega, che sembravano tutti e due piuttosto insonnoliti.

Arrivarono altri poliziotti. Discussero brevemente fra loro, poi si sparsero tutto attorno per perlustrare i vari fabbricati. Avevo la nausea per la paura e l'agitazione.

«Dici che ti hanno sparato?» mi domandò il commissario.

Annuii muta.

«Ma perché siete stati così sventati e prima non avete chiamato noi?» mi sgridò.

«Volevamo farlo, ma qui non c'è campo».

E poi a un tratto mi venne in mente un pensiero terribile. E se gli uomini avessero ucciso Tim, Christian, Melike, Fabian e Kiki senza troppi complimenti per non lasciare testimoni?

«Qui ci sono dei cavalli!» gridò un poliziotto sbracciandosi.

Mi misi a correre e lo spinsi per passargli davanti. Nei

box improvvisati in cui prima erano ricoverati i cavalli rubati c'erano Carino, White Face, Jasper e Saphir. Erano ancora sellati, e apparentemente illesi. Accompagnai il commissario attraverso lo spiazzo, oltre i container impilati, fino al punto in cui Christian aveva aperto il buco nella rete. Gli altri poliziotti correvano tutto attorno gridando.

«Questo sembra sangue!» urlò uno di loro indicando per terra.

Seguirono la traccia fino a uno dei container. Si misero in tre ad aprire il catenaccio arrugginito e a quel punto mi cadde dal cuore un peso grosso quanto una montagna: sul fondo del container c'erano mio fratello e i miei amici, che sbatterono gli occhi alla luce. Ma c'era anche – non credevo ai miei occhi – Richard Jungblut. Accanto a lui Tim stava appoggiato alla parete con gli occhi chiusi.

«Mio figlio è ferito» disse ai poliziotti con voce rotta. «Gli hanno sparato».

Con la barba lunga e le ombre scure sotto gli occhi, sembrava un fantasma. Gli passai davanti e mi inginocchiai di fianco a Tim.

«Tim!» sussurrai.

Teneva la mano premuta sulla spalla destra, c'era sangue dappertutto.

«Tim!»

Allora aprì gli occhi. Aveva lo sguardo spento, le labbra secche e screpolate, ma sulla sua faccia aleggiava un sorriso.

«Ce l'hai fatta!» sussurrò.

«Sì, ce l'ho fatta» sussurrai a mia volta, e poi piansi, ma questa volta di sollievo.

«*Anatroccola*, vieni qui».

Tim tese la mano destra verso di me e io lo abbracciai. Non mi importava che sanguinasse. Volevo stargli vicinissima, a quello splendido e coraggioso ragazzo che si era opposto al suo stesso padre per salvarci.

Richard Jungblut confessò ogni cosa. Sedeva a capo chino in un furgone della polizia, le manette ai polsi. Da anni era in difficoltà economiche e a un certo punto era entrato in contatto con Piet van Schuiren e Andy Collins. Aveva cominciato dando loro solo qualche consiglio su dove e quali cavalli prelevare, poi si era lasciato coinvolgere. Ne avevano rubato alcuni su commissione, altri semplicemente perché erano di buona discendenza. Andy Collins ci sapeva fare con le giumente gravide.

Nello spiazzo arrivò l'ambulanza. Medico e infermieri si occuparono di Tim e io non mi allontanai da lui. A quanto pareva, la ferita non era grave: il proiettile gli aveva solo graffiato il braccio, ma per sicurezza il medico voleva ricoverarlo in ospedale, anche se Tim continuava a dire che non era necessario. Io avrei voluto andare con lui.

«Non preoccuparti» mi rassicurò. «Tu devi pensare a Fritzi».

«Ma ormai non c'è più» ribattei io disperata.

«Lo troveranno». Tim mi sorrise. «Poi ti chiamo, d'accordo?»

Annuii e scesi dall'ambulanza. Le portiere si chiusero e io arretrai.

Christian venne da me e mi cinse le spalle con un braccio per consolarmi.

«Su la testa, sorellina. Tim sta bene, non preoccuparti».

Solo qualche minuto dopo alla radio della polizia arrivò effettivamente la notizia che il camion dei ladri era stato fermato in autostrada, vicino a Friedberg. Il commissario e i suoi colleghi discussero del da farsi con i cavalli.

«Portateli da noi all'*Amselhof*» suggerì Christian. «Possono rimanere lì finché non avrete rintracciato i proprietari».

«Qualche volta hai perfino delle buone idee» commentò il commissario. Non aveva perdonato a mio fratello che avesse voluto occuparsi di persona della liberazione di Fritzi.

«Non deve essere arrabbiato con me» gli disse Christian con un sorriso. «Adesso può mettere dentro i cattivi, non è contento?»

«Non sono arrabbiato, ragazzo» ribatté il commissario tetro. «Sono maledettamente furioso! E se quei tizi avessero sparato a tutti voi? Con gente come quella non c'è da scherzare!»

Nello spiazzo arrivò un'altra pattuglia. Sul sedile posteriore c'erano Liam e uno dei tizi che erano arrivati con l'olandese. Avevano l'aria piuttosto malconcia, però riportavano solo graffi e contusioni. Liam si guardava le mani e non alzò gli occhi neppure quando

Christian bussò al finestrino. Probabilmente stava cominciando a capire che era davvero nei guai.

Melike, Kiki e Fabian avevano fatto uscire i nostri animali dai box.

«Vi manca un cavallo» osservò il commissario. «Dobbiamo riaccompagnare a casa uno di voi?»

«Non è necessario» rispose Christian. «Passiamo a ritirare il mio dai contadini da cui si è fermata mia sorella. Fra un'ora saremo all'*Amselhof* e potrete scaricare gli altri».

«Be', a quanto pare hai tutto sotto controllo» brontolò il detective.

«Proprio così» confermò mio fratello con un gran sorriso.

Presi da Melike la briglia di Saphir.

«Elena!» gridò qualcuno.

Mi voltai: era stato il padre di Tim a chiamarmi. Mi avvicinai alla portiera aperta della pattuglia. Richard Jungblut non aveva più quella sua aria arrogante, era solamente vecchio e stanco.

«Elena» disse piano. «Non volevo arrivare a questo punto. Davvero. Puoi... per piacere, puoi dire a Tim che... che mi dispiace?»

«Glielo dirò» risposi fredda.

Richard Jungblut deglutì e sorrise mesto.

«Sei una ragazza coraggiosa... Proprio come tua madre».

Allora mi voltai. Non volevo più vederlo. Volevo andare a casa, da Fritzi, e poi correre il più presto possibile all'ospedale da Tim.

«Venite!» ci chiamò Christian. «Tutti in sella!»

Si issò in groppa a Saphir e mi porse la mano. Un attimo dopo ero dietro di lui. Gli zoccoli dei cavalli batterono sul selciato. Alla luce del sole gli orrori della notte erano svaniti.

CAPITOLO 22

Quando un'ora dopo entrammo esausti all'*Amselhof*, sulla porta della scuderia ci aspettava Jens. Aveva una gamba ingessata e si reggeva su due stampelle.

«Oh, eccovi! Volevo proprio vedere come ve la passavate senza di me!» esclamò allegro. «Avete fatto un giretto?»

«Ciao, Jens!» rispose Christian smontando di sella. «Arrivi proprio al momento giusto. Il tuo sostituto è appena stato arrestato».

«Che cosa?» Jens sgranò gli occhi stupefatto.

Lungo il corridoio della scuderia avanzava il nonno. Anche lui voleva sapere dove fossimo stati. Nello spiazzo entrò un camion e contemporaneamente arrivò Lajos.

«Ma che sta succedendo? E quel camion che cos'è?» chiese stupito.

«Sono i cavalli rubati» risposi. Smontai e le gambe mi cedettero. Se Lajos non fosse stato pronto a sorreggermi, sarei crollata a terra come un sacco di patate. Il nonno mi prese di mano la briglia di Saphir.

«Un attimo di pazienza» disse Christian. «Adesso portiamo via i nostri cavalli, sistemiamo quelli rubati e poi vi raccontiamo tutta la storia, d'accordo?»

Lajos continuava a sorreggermi.

«Puoi lasciarmi andare» gli dissi. «Devo andare a prendere Fritzi!»

Il poliziotto che aveva guidato il camion scese e venne verso di noi. Erano arrivati anche il commissario Behrendt e la sua collega. In cabina avevano trovato una scatola con i tesserini e i documenti dei cavalli.

Heinrich e Stani sparsero paglia in otto box, poi abbassammo la pedana.

«Non ho mai toccato un cavallo prima» ci informò il poliziotto. «Queste bestie mi fanno un po' paura».

«Non si preoccupi, ci pensiamo noi» disse Christian.

Il primo a scendere fu Fritzi, con la stella luminosa rivolta verso di me.

«Fritzi!» gridai.

Il mio stallone fece un nitrito argentino e si sfregò il muso contro il mio maglione.

"E allora, che cos'è stata questa buffonata?" sembrava chiedermi.

«Sei di nuovo a casa, tesoro» gli sussurrai carezzandogli il morbido mantello color cioccolato. «Oggi avrai una porzione extra di avena».

Lo portai nel suo box. Christian, Melike, il nonno e Lajos fecero scendere dal camion gli altri cavalli e li sistemarono nella scuderia.

«Quella gente se ne intende davvero di cavalli» osservò Lajos. «Hanno preso solo il meglio del meglio».

«Be', in fondo come consulente avevano Richard Jungblut» osservò Christian.

«Che cosa?» Lajos fissò stupefatto mio fratello.

«Sì, ha confessato tutto. Probabilmente a quest'ora è già in galera». Christian sbadigliò e si stiracchiò. «Ragazzi, ho una fame da lupi! Andiamo a fare colazione!»

«Io voglio andare da Tim» lo contraddissi. «Se non lo vedo non riesco a mandare giù un boccone».

In quel momento squillò il mio cellulare. Era Tim. Sua madre stava andando all'ospedale e poi lo avrebbe riportato a casa. Per il sollievo piansi di nuovo un altro po', poi seguii gli altri alla trattoria.

La nonna aveva apparecchiato la tavola per tutti. C'erano panini freschi e croissant, uova strapazzate, salsicce e formaggio, muesli e macedonia. Ci abbuffammo.

Lajos, Jens, i nonni, Heinrich e Stani ascoltarono a bocca aperta mentre a turno raccontavamo quell'incredibile storia e il ruolo avuto in tutta la faccenda da Andy alias Liam.

«Che verme!» mormorò ripetutamente il nonno.

Fuori si fermò un taxi. Qualche secondo dopo nella trattoria entrava a precipizio la mamma, seguita a ruota da papà.

«Ci sono novità su Fritzi?» esclamò lui. «Che cos'è quel camion fermo nello spiazzo?»

«Fritzi è tornato a casa» rispose rilassato mio fratello. «Potevate rimanere tranquillamente in Irlanda. Abbiamo tutto sotto controllo».

«Che cosa vorrebbe dire, che avete tutto sotto controllo?» volle sapere papà.

«Be'...» Christian cercò l'effetto drammatico «... a Elena è venuto in mente che a rubare Fritzi potesse essere stato Liam, perché Robbie non aveva abbaiato. E la mattina Tim ha visto suo padre che tornava a casa alle cinque e mezza con un rimorchio per cavalli. Dopo Tim ha visto Liam – che fra parentesi in realtà si chiama Andy – al *Sonnenhof*. Liam e suo padre parlavano dei cavalli rubati. Abbiamo fatto due più due e abbiamo scoperto che i ladri nascondevano gli animali nella vecchia tenuta a Braunshardt. Tim è andato là e poi ci siamo andati a cavallo anche noi».

«Che cos'avete fatto?»

La faccia dei nostri genitori era il ritratto dello sconcerto.

«E quei delinquenti stavano per caricare i cavalli» proseguì Christian. «Però Fritzi non voleva saperne di salire sul camion, perciò lo hanno picchiato. E allora Elena è intervenuta».

«Santo cielo!» mormorò papà sbiancando.

«Oh, e questo non è tutto. Sarà meglio che ti sieda» gli disse Lajos.

Papà si accasciò su una seggiola. «Vai avanti» sussurrò.

Io e Christian ci alternammo a raccontare gli avvenimenti di quella notte.

«Avevo pensato che dietro tutto questo potesse esserci Gasparian» dissi alla fine. «Invece c'era quell'olandese biondo che ha parlato con te a Eschwege, papà».

«Pieter van Schuiren?»

«Sì, credo che si chiami così».

«Comunque Elena è riuscita a scappare» proseguì

Christian. «È scappata via con Ronalda per chiamare la polizia. Quegli idioti hanno provato a spararle, ma hanno preso Tim».

«Per favore, ripeti» sussurrò papà.

«Non c'è bisogno di agitarsi, papà» gli disse Christian. «Tim ha solo un graffio sul braccio, uscirà subito dall'ospedale. E a Elena non è successo niente. Però adesso Liam e il vecchio Jungblut sono dentro. La polizia ha fermato il camion vicino a Friedberg e io ho proposto di ospitare qui i cavalli rubati finché non verranno rintracciati tutti i proprietari».

«E io non dovrei agitarmi?» esclamò papà incredulo. «Lui dice che non c'è bisogno di agitarsi! I miei figli e i loro amici se ne vanno a cavallo nel bosco nel cuore della notte e affrontano ladri di cavalli armati, e lui dice che non c'è bisogno di agitarsi! Quando siamo partiti non vi avevo raccomandato di "non fare sciocchezze"?»

Rendendosi conto che per il nostro comportamento da eroi non avrebbe ricevuto un premio ma semmai una bella lavata di capo, Christian chinò la testa.

«E che cos'avremmo dovuto fare?» chiese.

Papà fece un verso strano e scosse la testa.

«Mamma, versami un'acquavite, per piacere» disse poi alla nonna. «E per favore, fammela doppia».

«Anche a me» disse la mamma sedendosi vicino a lui.

La nonna arrivò con la bottiglia.

«Be', adesso tocca a voi raccontare» disse mio fratello con aria rilassata. «Com'era l'Irlanda?»

Per qualche secondo regnò il silenzio più assoluto. Papà arrossì e credetti che fosse sul punto di esplodere, ma poi Lajos proruppe in una risata.

«I vostri figli sono dei veri fenomeni!» esclamò, e rise, rise, rise.

E allora anche papà e mamma sorrisero. E a un tratto scoppiammo a ridere tutti quanti fino alle lacrime.

EPILOGO

Quando papà si fermò nel parcheggio del *Sonnenhof* ero terribilmente agitata. Era la prima volta che vedevo la casa di Tim. Sua madre ci aveva invitati tutti a una grigliata.

Papà, mamma, Christian e io scendemmo dalla macchina. Lajos aveva portato Melike, Fabian e Kiki. I nonni ci avrebbero raggiunti più tardi.

Richard Jungblut era in attesa di giudizio, proprio come Liam e l'olandese che era il capo della banda di ladri. La polizia aveva trovato i proprietari di tutti i cavalli, che erano venuti uno alla volta all'*Amselhof* a riprenderli. Però ne erano rimasti due, i cui proprietari avevano chiesto a papà di scozzonarli. E il giorno prima aveva chiamato addirittura il signor Teichert chiedendo di poter riportare i suoi animali da noi, ma papà aveva rifiutato.

Entrammo alla tenuta e Tim ci venne incontro. Aveva ancora il braccio al collo, ma sorrideva.

«Ciao, *anatroccola*» mi disse baciandomi. «Come stai? Hai voglia di vedere la nostra tenuta?»

«Sì, certo» annuii.

«Veniamo anche noi!» esclamò Christian.

«Allora seguitemi».

Tim mi prese per mano e ci mostrò le scuderie e il maneggio coperto.

Era tutto pulitissimo e moderno, ma il signor Gasparian aveva ragione: l'*Amselhof* aveva molto più fascino.

«E che cos'ha detto Gasparian del fatto che tuo padre è finito in prigione?» chiesi a Tim.

«Non ne ho idea. Si cercherà qualcun altro che cavalchi i suoi animali. Ieri hanno mandato a prendere i camion e i cavalli, e la cosa non mi dispiace per niente».

«Ero sicurissima che dietro i furti di cavalli ci fossero lui e l'interprete» ammisi. «Non avrei mai pensato a tuo padre e a Liam».

«Già» fece solo Tim.

«E adesso a tuo padre che cosa succederà?»

«Ha combinato un bel pasticcio, ma in qualche modo nel momento decisivo ha fatto la cosa giusta. Forse tutto sommato mi vuole davvero bene. Quando quello mi ha sparato, non ci ha visto più e lo ha steso». Accennò a un sorriso. «Però di sicuro un paio di anni se li becca».

Andammo alla club house. Christian, Fabian, Melike e Kiki si guardavano attorno curiosi, ma io avevo occhi solo per Tim.

Una volta visto tutto, tornammo pian piano alla scuderia.

«Oh, ciao! E voi che cosa ci fate qui?» esclamò improvvisamente qualcuno.

Ci voltammo.

Era Ariane.

«Ciao, Ariane» dissi fredda.

Non avevo dimenticato come mi aveva intralciato nella pista di riscaldamento. E non avevo dimenticato neppure la "pezzente".

«Ariane T.!» aggiunse beffardo Christian.

Il sorriso di Ariane si fece tetro.

«Venite» disse Tim. «Mio nonno ha già acceso il fuoco. E io ho una fame incredibile».

«Oh, facciamo una grigliata?» chiese Ariane con voce mielata.

«Scusami tanto, Ariane, ma quella di oggi è una festa privata» rispose Tim senza neppure guardarla.

«Pfff!» sbuffò lei furiosa andandosene via.

Tim mi sorrise. Vidi la tenerissima fossetta sul mento e la minuscola cicatrice sul labbro superiore. Pensai per un attimo alla mia gelosia e alla paura che Tim potesse preferire Ariane a me. Acqua passata.

«Ma dove siete?» gridò Melike dalla porta. «Io ho fame!»

«Andiamo, *anatroccola*?» sussurrò Tim.

Sorrisi e gli diedi un leggero spintone.

«*Anatroccola*? Dopo tutto quello che ho fatto per te?» scherzai.

«Hai ragione». Tim si fermò a guardarmi. «Sei stata fantastica, tesoro. Così coraggiosa! Come hai affrontato mio padre e quell'olandese!»

«Be', anche tu non sei stato male».

«Siamo stati bravini tutti e due».

Ci scambiammo un sorriso. Tim mi strinse a sé con il braccio sano. Ci aspettavano ancora tre lunghe e meravigliose settimane di vacanza, poi Tim avrebbe ripreso la scuola, e poteva sempre venire a trovarmi all'*Amselhof*.

Quando sentii le sue labbra sulle mie chiusi gli occhi. Tim mi amava e io amavo lui. E non dovevamo più nasconderlo agli occhi del mondo.

INDICE

Prologo 7
Capitolo 1 10
Capitolo 2 19
Capitolo 3 25
Capitolo 4 33
Capitolo 5 45
Capitolo 6 50
Capitolo 7 58
Capitolo 8 68
Capitolo 9 80
Capitolo 10 88
Capitolo 11 107
Capitolo 12 120

Capitolo 13 134
Capitolo 14 151
Capitolo 15 160
Capitolo 16 179
Capitolo 17 196
Capitolo 18 212
Capitolo 19 220
Capitolo 20 232
Capitolo 21 248
Capitolo 22 257
Epilogo 263